Esther Domínguez Soto

Siete ataúdes

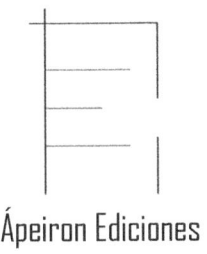

Ápeiron Ediciones

2024

Esther Domínguez Soto

Siete ataúdes

arte␣facto

1.ª edición, 2024

C/ Príncipe de Vergara, n.º 132, planta 9
28002 Madrid
Tfno.: (+34) 637 10 99 20
E-mail: info@apeironediciones.com
http://www.apeironediciones.com/

Maquetación y diseño: Ápeiron Ediciones

Papel procedente de fuentes responsables

ISBN: 978-84-128198-7-8
Depósito legal: M-3067-2024

Para Miguel y José. Sirvieron con honor.

Índice

I

Ferradás. A siete leguas de Lalín, Galicia.

Finales de septiembre, 1913

La ermita de la Casa Grande, dedicada a Santa Comba, estaba a oscuras salvo por las lamparillas que nadaban en aceite y con sus llamitas iluminaban el sagrario y proyectaban unas sombras extrañísimas sobre las imágenes que ocupaban los pedestales de piedra empotrados en los muros. Hasta allí llegaba la música de la verbena. San Miguel y la Virgen de los Dolores compartían los tres días de fiesta porque el dinero no alcanzaba para hacer dos celebraciones en días diferentes. Las bombas de palenque asustaban a los murciélagos que rondaban los establos en busca de ganado al que chupar la sangre necesaria para seguir vivos y espantaban a los ratones, que abandonaban las madrigueras, quedando así a merced de las lechuzas, siempre al acecho de un buen bocado. Un aleteo, un mugido o un chillido y todo volvía a quedar silencioso. La lucha por sobrevivir de todas las noches del año.

Sin embargo, esa noche, alguien se sumó a esa rutina de comer o ser comido. Y ese alguien no pensaba ser la víctima. Justo lo contrario y, para conseguir sus fines necesitaba algo guardado en la sacristía, a salvo de posibles ladrones. Salió rumbo a su objetivo, pero, a pocos pasos de la puerta, los jadeos de una pareja, que aprovechaba las sombras para un encuentro furtivo, forzaron un cambio de planes. Tuvo que rodear la ermita y entrar por una puertecita lateral que hacía muchos años que no se utilizaba. No le importó porque tenía las llaves de todas las puertas del pazo, pero había que abrirla con cuidado para evitar chirridos que alertaran a la pareja. Una vez vencido el primer obstáculo, no tuvo problemas para moverse por el recinto. Conocía bien el lugar y anduvo sin vacilaciones. Una vez en la sacristía, encendió una vela y, protegiendo la llama con el hueco de una mano para evitar ser vista desde fuera, se acercó a una esquina. Sobre una mesa estaba lo que buscaba. Las herramientas de los canteros que trabajaban en las obras de restauración de la ermita.

Echó un vistazo. Mazos, cinceles, picos de diferentes tamaños. Cogió un martillo de campana, pero lo desechó. El mango era demasiado pequeño. Necesitaba algo que, por un lado, le permitiera acabar con la víctima rápidamente, sin darle oportunidad de escapar o pedir ayuda. Un golpe para atontarla y alguno más para acabar con ella. Y por otro, que dejara pistas falsas para confundir a los investigadores. En un descuido, abrió la mano y la herramienta se le cayó al suelo. El ruido resonó en la sacristía como un disparo. Esperó, pero no oyó voces preguntando qué pasaba allí y nadie intentó abrir la puerta. Con tranquilidad, siguió mirando hasta que vio una herramienta que le gustó más. La sopesó y sonrió. Era perfecta. No muy grande, pero, usada con fuerza, podía ser letal. Y el mango… La sonrisa se agrandó. Eso era justo lo que necesitaba. Guardó la bujarda bajo la capa y, con cuidado, abrió la puerta de la sacristía. El silencio era total. La pareja se había marchado. Perfecto.

Salió, cerró con llave y se alejó. Juanita, una pobre mujer que mendigaba por la zona y dormía en pajares, el bosque o, como esa noche, en el huerto que rodeaba la ermita, alcanzó a ver luz en la sacristía, tuvo miedo y buscó refugio tras un ciprés centenario. Desde allí vio una sombra alargada, cubierta por una capa. Juanita no lo dudó un instante. Acababa de ver a santa Comba —a quien estaba dedicada la capilla— y que en sus tiempos mozos había sido una hechicera temible, aunque de mayor —y ante la amenaza de Jesús de negarle la entrada en su reino— cambió de actitud y llegó a ser santa.

La pareja, que se había largado al oír ruidos en la sacristía, no contó a la Guardia Civil los ruidos que habían oído. Ella estaba casada, su marido tenía muy mal genio y lo de los cuernos no iba a sentarle nada bien. Juanita dijo varias veces que había presenciado la aparición de santa Comba. Nadie le hizo caso porque, al fin y al cabo, la pobre mujer era la loca de la aldea. A la mañana siguiente, el cuerpo de Lucía Cela fue encontrado cerca del molino donde vivía con su familia, la cabeza destrozada a golpes y la ropa interior desgarrada. La bujarda que se había utilizado para matarla estaba a pocos pasos del cuerpo. El mazo y el mango manchados de sangre.

* * *

LA REGIÓN
DIARIO INDEPENDIENTE DE INTERESES GENERALES, NOTICIAS Y AVISOS

Orense. Martes, 28 de septiembre de 1913

Con el suicidio del joven Horacio Cuervo Pérez, mientras estaba bajo arresto en el Cuartel de la Guardia Civil de Ferradás, lugar cercano a Lalín, Pontevedra, se cierra el caso del asesinato de la joven Lucía Cela Jiménez, del que Horacio Cuervo había sido formalmente acusado. La juventud de ambos protagonistas (diecisiete y diecinueve años respectivamente) ha dado mucha notoriedad al caso y teñido de luto, no solo a ambas familias sino a todos sus vecinos y conocidos.

(Más información en la página 7).

11

II

Mediados de octubre, nueve años más tarde.

No le gustaba la idea de destruir los documentos, tantos años ocultos bajo llave, que probaban la inocencia de aquel chiquillo. De hecho, los había conservado por si su conciencia podía más que sus sentimientos y se decidía a confesar. Con la desaparición de esos papeles, se cerraría, definitivamente, la puerta a una posible restitución del buen nombre del chico y nadie podría demostrar que, durante nueve años, él había contribuido a perpetuar un verdadero atropello de consecuencias trágicas. La parte buena de destruir esas pruebas era que nadie buscaría al verdadero culpable, algo que él quería evitar a toda costa. Pero —se encogió de hombros— ya no aguantaba más. Aquellos malditos papeles habían sido el constante recuerdo del delito que había cometido. Surgían cuando menos se lo esperaba. Y así, durante nueve eternos años. Le habían destrozado la vida. Ya era hora de terminar con todo.

Arrugó los documentos, formando bultos deformes. Había llegado al límite de sus fuerzas y, si quería que quien había empuñado el arma del crimen saliera indemne, el nombre de Horacio Cuervo tendría que seguir unido al de la palabra asesino. Debía quemar aquellos documentos. Respiró hondo, encendió una cerilla y la dejó caer sobre los papeles. Mientras los veía convertirse en cenizas, y en un alarde de cinismo, pensó que, aunque en el futuro, el nombre del culpable saliera a la luz, seguro que las cosas no cambiarían demasiado. A la gente le resulta más fácil acusar que aceptar que se ha cometido un error.

13

Pensar en los siete cadáveres que yacían junto al río, le produjo un dolor punzante que subió desde el estómago hasta la boca, impregnándola de un dolor amargo. La úlcera le recordó que todavía quedaba algo por hacer. Y debía hacerlo antes de pensárselo demasiado. Cogió el vaso y lo apuró hasta la última gota, lo lavó y lo devolvió a su sitio. Después se dispuso a morir.

Cuatro días más tarde.

—¡Blum, no te entretengas! Si ya estamos llegando, hombre.

Blum, un pastor alemán de dos años, que estaba hociqueando en un montón de tierra con muchísimo entusiasmo, ignoró la voz de su dueño y siguió a lo suyo. Era curioso por naturaleza y ahora, en medio de aquellos bosques de castaños y robles, estaba en su elemento. Podía correr hasta cansarse, olisquear todos los troncos y hierbajos que quisiera y perderse entre los árboles persiguiendo a un conejo. El paraíso en la tierra. Era un perro feliz, lejos de las calles de Santiago, donde no había tantas cosas interesantes y nuevas para él.

—¡Blum! ¿Vienes o no? —Un silbido que Blum conocía muy bien, le indicó que no era el momento de corretear sino de comportarse como un perro serio y obediente. Su amo era muy paciente con él, pero esta vez, su tono era más serio que de costumbre. Para enmendar el desliz, volvió ladrando, moviendo la cola y mirando al jinete con ojos alegres.

—Por tu culpa vamos a llegar de noche —el jinete se inclinó y le acarició las orejas para quitar hierro a la reprimenda. Blum le respondió con un par de ladridos agradecidos—. Venga. Delante de mí y sin salirse de la carretera. Bueno, llamar carretera a esto… camino y gracias.

El jinete puso el caballo a un trotecillo alegre. Estaba deseando llegar a su destino, pero no quería cansar al animal. Desconocía la distancia a la que estaban de su destino, aquel camino parecía no tener fin y ahora recordaba que la explicación que le habían dado en el puesto de la Guardia Civil de Lalín no había incluido la duración del viaje.

—Dejando el río siempre a su derecha, suba aquel monte hasta llegar a una especie de planicie, donde están las ruinas de una antigua iglesia. Desde allí podrá ver Ferradás, final de trayecto. No tiene pérdida —afirmó su informante, un brigada que conocía el terreno como la palma de su mano. —Aunque hay varias aldeas por la zona, la que a usted le interesa está en el fondo del valle, casi pegada a la Casa Grande, el pazo de los Quinteiro, el único en varias leguas a la redonda. Repito, no tiene pérdida. "Pues yo diría que me he perdido. Bueno, seguiremos un poco más. A ver qué pasa".

En ese momento, vio a un hombre mayor que, sentado sobre el tocón de un árbol y las manos apoyadas en una rama gruesa que utilizaba como bastón, guardaba unas vacas acompañado por un perro de bastante mal carácter. Blum se acercó, con ganas de jugar, pero un ladrido enérgico lo paró en seco a medio camino. El perro dio media vuelta y buscó con qué entretenerse lejos de semejante malencarado. El jinete desmontó, ató el caballo a unos tojos y se dirigió al anciano, llevándose la mano al tricornio.

—Buenas tardes.

—Nos de Dios —fue la respuesta.

El anciano observaba al recién llegado. Vio a un hombre bastante alto, delgado, que andaba muy erguido, pelo cortado al cepillo y un bigote que le cubría el labio superior. Le calculó la edad del más joven de sus nietos, unos veintitrés o veinticuatro años, aunque el guardia civil tenía ya bastantes canas. Como en un ritual donde todos saben los pasos exactos que hay que dar, el sargento sacó un librillo de papel de fumar y se lo alargó al anciano que se sirvió, el sargento hizo lo mismo. Después le pasó la tabaquera al viejo y, tras coger ambos unos pellizcos de tabaco, liaron los pitillos. El viejo sacó un mechero de chispa y dio un enérgico giro a la ruedecita. Después de las primeras caladas, ya estaban preparados para iniciar la conversación.

—Soy el sargento Rogelio Soto e intento llegar a Ferradás. ¿Está muy lejos?

—Aún falta un poco —fue la respuesta, concisa y poco informativa.

—Pero, ¿voy por el buen camino? —quiso asegurarse el sargento.

—Tiene que llegar hasta los castaños, junto a aquellas piedras —los dedos que sostenían el pitillo y señalaban los árboles estaban amarillentos, las uñas rotas y manchadas de tierra, la piel acartonada —y después siga el río. La aldea está en el fondo del valle. ¿Lo mandan allí por lo de las muertes? —preguntó el viejo cambiando bruscamente de tema y dejando al sargento sorprendido. Sabía que, hacía unos días, había muerto la persona al mando del cuartel a quien él iba a sustituir, pero ¿muertes? ¿Así, en plural?

—¿Qué ha pasado en la aldea?

—Algo oí, pero no vivo en Ferradás. No estoy seguro. ¿Ese perro es suyo? —el viejo era un verdadero especialista en eludir las preguntas. No iba a ganar nada insistiendo y eran ya casi las diez. Si, como le había dicho a Blum, exagerando un poco, no quería llegar de noche, lo mejor sería seguir viaje. Rogelio dio un par de caladas al pitillo antes de tirarlo al suelo. Se levantó, sacudió la capa y desató al caballo que estaba ramoneando entre los hierbajos y espantando moscas a rabetazos.

—Blum, venga. Nos vamos. —Blum se acercó al sargento. Este montó y se despidió del viejo—. Quede con Dios.

—Que Él lo acompañe.

El sargento reanudó el viaje con Blum correteando alrededor del caballo. El anciano volvió a apoyar las manos en el bastón, los miró y murmuró: —No te envidio la sorpresa que vas a llevar cuando llegues a Ferradás, rapaz. Pobre, parece buena persona.

III

El valle era profundo y el camino escarpado. Al principio, solo vio parras cubiertas de hojas rojizas y árboles tupidos que, con frecuencia ocultaban el rio y obligaban al sargento a fijarse mucho para no extraviarse por los senderos que había a ambos lados del que, esperaba, fuera el camino correcto. Para evitar perderse, preguntó a unas mujeres que estaban recogiendo castañas y piñas. Ellas, más habladoras que el viejo de las vacas, le indicaron la ruta a seguir con más claridad. A medida que se acercaban a su destino, el sargento comenzó a fijarse en lo que tenía ante sus ojos. Allí iba a pasar una buena temporada y cuanto antes se familiarizase con el lugar y los vecinos, mejor para todos. En el fondo del valle vio casas humildes, de una única planta, chimeneas humeantes, hórreos y pajares en los huertos traseros y calabazas y mazorcas de maíz puestos a secar, aprovechando que, aquellos días, la lluvia había dado una tregua. Gatos tendidos al sol y muchos perros ladradores y escandalosos que dejaron al pobre Blum con las ganas de enfrentarse a ellos y ladrarles cuatro cosas bien dichas.

Cerca de la aldea, vio dos cementerios. El más pequeño tenía la verja abierta y un par de hombres cavaban en la parte más alejada de la puerta, lo que recordó al sargento la frase del viejo y el plural que tanto lo había preocupado. Al parecer, había llegado para el entierro. ¿De cuántos? Y ¿cómo habían muerto? ¿El principio de una epidemia? ¿Un accidente en las minas de la zona? Tras una curva del rio, un lavadero bastante grande. Ya en la entrada de la aldea propiamente dicha, un crucero y un peto de ánimas, hombres y mujeres ardiendo entre las llamas del Infierno con gestos suplicantes y los ojos mirando al cielo. Soto se persignó, como su abuela le había enseñado cuando era niño y pasaban frente a algún símbolo religioso. Siguió adelante. Atrás quedó una herrería a pleno rendimiento y el taller de un *zoqueiro* hasta llegar a una plaza pequeña donde, además del Ayuntamiento y una casa de comidas, se amontonaban las pocas tiendas que había en la aldea y alguna taberna; un poco más allá, la escuela y, en el otro extremo de la aldea, la bandera española señalaba la presencia del cuartel de la Guardia Civil. A una media legua, como una mujer orgullosa que se mantiene apartada de sus vecinas más pobres, estaba la Casa Grande, rodeada de un jardín de camelios y magnolios. La entrada principal flanqueada por un par de palmeras, altas y de tronco grueso, como dos guardianes impasibles. Estaba edificada en la ladera del monte y al sargento le recordó un ave de presa, acechante, amenazante, dispuesta a atacar si se acercaba un peligro.

El sonido de una campana hizo que el sargento, con gesto sorprendido, buscara la iglesia que, por cierto, no había visto porque no estaba en el centro de la población. La localizó cerca del rio que culebreaba a su paso por la aldea. Era románica, con un campanario de espadaña y, en el tímpano de la puerta principal, una imagen de una mujer arrodillada rodeada de ángeles que portaban custodias. Intentó recordar qué santa aparece representada en compañía de media corte celestial, pero no pudo. Eso sí, se prometió hacerle una visita detenida y preguntar al párroco sobre esa imagen tan poco frecuente. Le gustaba la arquitectura religiosa y si el interior de la iglesia era tan bonito como la fachada, la visita prometía sorpresas agradables para un aficionado al dibujo como él. Pero, esa mañana, la sorpresa que lo esperaba fue impactante y no por su belleza precisamente. Apoyados contra uno de los muros laterales, el sargento vio, espeluznado, siete ataúdes pintados de negro y, separados por los féretros, dos grupos de personas enlutadas, llorosas, que se observaban, con los ojos cargados de odio, como animales acorralados dispuestos a atacar a la más mínima provocación.

Entró en el cuartel con aquella imagen en la retina. Una voz masculina lo obligó a volver a la realidad.

—El cabo Segundo Fiuza a sus órdenes, mi sargento.

Tras los saludos y presentaciones de rigor y una vez en su despacho, el cabo puso al recién llegado al día de los asuntos del cuartel. Nada fuera de lo normal. Las típicas e inevitables peleas de taberna, denuncias por robos de poca cuantía, algún que otro altercado cuando un aprovechado movía los mojones que separaban las fincas. —Este es un puesto tranquilo, mi sargento —aseguró Fiuza.

—Salvo por esos ataúdes que acabo de ver apoyados en un muro de la iglesia —puntualizó Soto. Fiuza permaneció callado. —Cuénteme qué ha pasado.

—Aquí la gente vive de la tierra y del ganado. El agua es vital para ellos y, cuando creen que alguien se la está robando… —el cabo hizo una pausa para que el sargento se fuera haciendo una idea. —Todos los hombres cazan, tienen armas y, a veces, no las emplean con los conejos o los jabalíes sino para ajustar cuentas con alguna familia rival. El resultado del último enfrentamiento acaba de verlo. Siete muertos.

—¿Quién se enfrentó a quién? —al sargento la explicación le pareció muy incompleta y necesitaba saber más. Sacó la tabaquera y lio un pitillo. El cabo agradeció que Soto le ofreciera tabaco, pero explicó que el médico se lo había prohibido taxativamente.

— Cosa de los bronquios, ya sabe. Y respondiendo a su pregunta, mi sargento, hace años que entre los Cela y los Cuervo hay mala sangre, pero no tanta como hasta ahora. De esos siete muertos, tres son Cuervo y cuatro Cela.

—¿Ha salido alguien vivo de esta matanza?

—Sí, Ramón Cuervo, un chiquillo de quince años, pero con una puntería…

—Y la vida desecha —apuntó el sargento—. ¿Está aquí?

—Ya lo han trasladado a Pontevedra.

—Al pasar por el cementerio he visto que estaban cavando las tumbas. ¿Cuándo es el entierro?

—Esta tarde.

—Hay que evitar cualquier tentación de liarse a tiros durante la ceremonia. Disponga que cinco de nuestros hombres estén allí por si hiciera falta poner orden entre los familiares. Yo asistiré también. Por cierto, ha dicho que la mala sangre entre estas familias empezó hace unos años. ¿Qué hizo saltar esa chispa?

—Un chico de los Cuervo que se ennovió con una hija de los Cela.

—¿La dejó embarazada, se negó a reconocer al crío y, encima, se casó con otra? —conjeturó Soto.

—No. La mató. Le destrozó la cabeza con un martillo de cantero.

—¿Qué motivos tenía para hacer semejante disparate? —El sargento se había quedado helado.

—Cuando lo detuvimos, negó ser el autor de esa muerte. Pero todo nos llevaba a sospechar de él. Unas horas antes, en una verbena, delante de todos los vecinos, habían discutido. Él se acaloró y se marchó, dejándola allí plantada y avergonzada. Esa misma noche, fue a por ella. La esperó cerca del molino y la mató. El martillo utilizado en el homicidio era suyo. Todo apuntaba a él a pesar de que, hasta el último momento, negó haber matado a la chica.

—¿El último momento?

— Se colgó en el calabozo antes de poder trasladarlo al Juzgado de Lalín.

* * *

Antes de comer, el sargento Soto decidió ir a visitar al alcalde. Era un acto protocolario y todo lo superfluo, cuanto antes se hiciera, mejor. El alcalde, Vicente Montoto, lo recibió como el buen político que era: todo sonrisas, apretones de manos, ofertas de colaboración con la Benemérita y una invitación a fumarse un puro mientras hablaban en su despacho. El sargento declinó la invitación: "Fumo mucho, pero los puros son demasiado fuertes para mí. De todas formas, gracias" Tuvieron una de esas charlas en las que los que hablan no se conocen y todo lo que se dice no se sale de los cauces de lo previsible. Entonces, el sargento decidió introducir una novedad.

—Lo que me impresionó muchísimo fue ver esos siete ataúdes…

El alcalde lo interrumpió. —Desde luego que dos familias se maten entre sí es muy desagradable. "¿Desagradable? Yo diría trágico" —pensó el sargento. el alcalde continuaba la explicación. —Pero los Cela y los Cuervo llevan así generaciones. Para ellos cualquier motivo es bueno para empezar una pelea. En esta ocasión fue que uno se saltó el turno de riego. Pero antes fue porque el perro de uno de los bandos se comió dos gallinas del otro o cualquier tontería sin la menor importancia —explicó sin mostrar el más mínimo sentimiento de disgusto o preocupación. Dio una chupada al puro y siguió hablando.

—Esa gente parece que no sabe vivir sin arrearse unos tiros de vez en cuando. Ahora quedarán tranquilos una temporada.

—¡Y pensar que el origen de toda esta violencia fue algo tan triste como un asesinato! —el tono del sargento era tranquilo, como si estuviera hablando de algo sin importancia y no señalando la mentira que acababa de oír.

El alcalde siguió sonriendo, pero no pudo evitar un gesto de sobresalto. Observó al guardia civil que tenía enfrente, aparentemente ocupado en liar un pitillo, pero muy pendiente de su reacción. —¿Asesinato? Perdone, pero no sé a qué asesinato se refiere.

Rogelio Soto comprendió que lo mejor era mostrar sus cartas. —El de Lucía Cela. Me han comentado que fue lo que originó todos los problemas entre las familias.

—¡Qué novelera es la gente! Ese fue un episodio muy triste, desde luego, pero los Cela y los Cuervo nunca se han llevado bien. Nací aquí y sé lo que digo. Además, créame, hurgar en el pasado nunca trae nada bueno.

El sargento se permitió una puntualización. —Yo no he hablado de hurgar en el pasado —se quitó una brizna de tabaco de la lengua y miró fijamente al alcalde— aunque, ahora que lo dice, tal vez no fuera mala idea. A veces aparecen cosas inesperadas…

El alcalde se levantó, intentando disimular su contrariedad.

—Ya me disculpará, sargento Soto, pero tengo una cita y…

—Comprendo. No se preocupe.

En el antedespacho, Rogelio se topó con un hombre de unos cuarenta y tantos años, impecablemente vestido y gesto altivo que se limitó a estrecharle la mano e inclinar la cabeza cuando el alcalde —visiblemente nervioso y con ganas de deshacerse del sargento— los presentó. Este salió del Ayuntamiento, poniéndose el tricornio y disimulando una sonrisa. "Mira por dónde, el alcalde ha intentado colarme un par de mentiras descaradas, me ha aconsejado que me meta en mis cosas, ya conozco al dueño de la Casa Grande y, a juzgar por la actitud del alcalde, ese tal Quinteiro es también el dueño de la aldea. Una visita muy aprovechada, sí señor" —Blum, ¿No tienes hambre? Vamos a comer.

* * *

El entierro fue extraño, desconcertante, como si, en ese momento, la vida se empeñara en mezclar agua y aceite. La lluvia o un cielo nuboso están en consonancia con un sepelio. Una ceremonia triste y un tiempo desapacible encajan a la perfección. La climatología respeta el dolor humano y todos lo agradecemos. Pero, aquella misma tarde, los siete ataúdes bajaron a la fosa bajo un sol radiante y un cielo sin nubes que contrastaba con el luto riguroso en las ropas, las lágrimas de las mujeres, las bocas apretadas de los hombres —boina en mano y amenazas murmuradas— y los ojos asombrados de los niños, preguntándose qué estaba pasando allí. El sacerdote rociando con agua bendita los ataúdes, hablando a los vivos del perdón mientras los miembros de las familias rumiaban cómo vengar a sus difuntos lo antes posible. El deseo irrefrenable de violar todo un código penal frente a los guardias civiles, representantes de la ley, formados frente a los muros del cementerio, listos para intervenir en el caso de que las familias decidieran enzarzarse de nuevo. La caridad evangélica y un odio que casi podía palparse.

Ambas familias tascaron el freno y regresaron a sus casas por caminos diferentes. Los guardias civiles volvieron al cuartel preguntándose cuánto tiempo tardarían los Cuervo y los Cela en volver a las andadas. Los más generosos les daban tres meses.

—Blum, tengo que ir a dar un pésame. Acompáñame, anda.

El piso al que se había mudado Hortensia Lafuente, viuda del recién fallecido sargento Remigio Blanco, estaba en el centro, frente al Ayuntamiento. La señora, menos de cincuenta años, guapetona y que llevaba bien la pérdida del marido, agradeció mucho al recién llegado la visita, lo invitó a café y charló sobre la muerte inesperada del sargento, de lo bien que se estaba portando todo el mundo con ella e insistió en saber cuánto tiempo tardaría en empezar a cobrar la pensión de viudedad. El sargento aprovechó que la buena señora le preguntó qué le había parecido la aldea para deslizar que acababa de llegar del entierro múltiple.

—Una pena, desde luego —afirmó Hortensia.

—Sobre todo si pensamos que una discusión por los turnos de riego pueda terminar así —soltó el sargento, a ver si esta señora tan habladora picaba el anzuelo y él sacaba algo en limpio. Y lo sacó porque ella se tragó ambos: el cebo y el anzuelo.

23

—¿Eso es lo que le han dicho? —el sargento afirmó con la cabeza. —Siempre la misma disculpa. El agua, el agua. Esta vez el agua no tuvo nada que ver —miró a Soto que no parpadeaba mientras rogaba a esa santa desconocida rodeada de ángeles custodios que acababa de conocer —a la que prometió una limosna cuando visitara la iglesia parroquial —para que Hortensia siguiera hablando. La santa le hizo caso porque la viuda siguió a lo suyo—. Es muy cómodo echar la culpa de estas muertes a las peleas por el agua cuando todos sabemos que esto empezó hace casi diez años. Y el culpable tendría que estar entre rejas y no libre como el viento mientras ese pobre chiquillo se pudre en el cementerio. Pero, claro, a ver quién le tose a ese —añadió con desprecio antes de tomar aire. El sargento seguía en silencio. La señora continuó, esta vez con tono de la persona a la que no se le hizo caso hasta que fue demasiado tarde. —Y la de veces que se lo dije a mi marido. Mirar para otro lado no va a parar las cosas. Lo que tienes que hacer es ir a la raíz del problema. Pero Remigio, en lo tocante al trabajo, nunca me hizo caso. Temía por su puesto y su pensión y claro...

Se calló repentinamente, consciente de que estaba hablando demasiado.

—Pero, ¡qué cosas digo! No se debe criticar a los muertos. Y menos si el muerto es mi marido que, al fin y al cabo, era un buen hombre. No me haga caso, por Dios.

Ahí terminó la visita. La incomodidad de Hortensia era muy evidente y el sargento comprendió que si hacía las preguntas que se atropellaban por salir de su boca, la viuda se extrañaría ante ese interés. Optó por despedirse e insistió en que él estaba a su disposición para lo que necesitara a la hora de solucionar cualquier problema burocrático.

—Venga, Blum, vámonos a casa.

La habitación de soltero, como llamaban en el cuartel a los dormitorios reservados para los guardias civiles de paso o, como en su caso, solteros, lo recibió con la misma frialdad que cualquier cuarto de hotel. En contraste con su soledad, de los pabellones llegaban las voces de los guardias civiles y sus familias. Una voz que reñía a un niño que acababa de hacer alguna trastada, una vocecita que se disculpaba o acusaba a otro hermano; la madre que ordenaba poner la mesa para la cena y, sobre todo, los olores de las cocinas que tanto le recordaban los de la casa de sus abuelos, siempre acogedores y cariñosos y que tan orgullosos estaban de su nieto, el guardia civil. Suspiró. Desventajas de la soltería y que el entierro de esa tarde lo había conmovido más de lo que creía. Sacudió la cabeza y se riñó por un desorden inexistente. "A ver si arreglo esto antes de cenar" Después de comprobar que su ropa estaba bien colgada, reordenar los libros que siempre llevaba consigo y bajar al establo y asegurarse de que el caballo estaba bien atendido, salió en busca de una casa de comidas que el cabo Fiuza le había recomendado. La comida le gustó —casera y abundante—, estaba cerca del cuartel —muy conveniente sobre todo cuando el frío arreciaba— y Celsa y Santos, los dueños, le cayeron francamente bien. Un matrimonio de mediana edad, que lo hicieron sentirse cómodo y a gusto. Decidió comer y cenar allí a diario.

Ya en su habitación, escribió las cosas que durante ese día le habían llamado la atención. Para empezar, las mentiras del alcalde. ¿Por qué le había ocultado que todos los problemas de los Cela y los Cuervo surgieron de un crimen, aparentemente cerrado en falso tras la muerte del novio? Y, hablando del alcalde, ¿a qué había venido tanto nerviosismo? ¿Tal vez por la promesa de "hurgar en el pasado", que él había soltado a ver qué pasaba? ¿Y qué pintaba Quinteiro, entrando en los despachos de la alcaldía como si esa fuera su casa? ¿Para quién trabajaba el alcalde realmente? ¿Para la gente de la aldea o para el señor de la Casa Grande? Por otro lado, la viuda del sargento le había dado dos o tres frases muy intrigantes. Mañana tenía…

Rendido por el viaje, las visitas y, sobre todo, la impresión de ver aquellos siete ataúdes que lo habían recibido a su llegada, se durmió con el lápiz en una mano y la libretita en la otra.

IV

La mañana siguiente se fue en firmar documentos y hacer una búsqueda en los archivos. Prefirió ir personalmente para que nadie en el cuartel supiera que pensaba meterse a fondo en aquel caso tan triste que, aún después de años, seguía siendo una herida que las familias reabrían a golpe de escopeta. El informe era muy breve porque el suicidio de Horacio Cuervo cerró el caso sin apenas dar tiempo a la Guardia Civil para investigar más a fondo. Lo leyó detenidamente dos veces, tomó notas e hizo una lista de las personas con quienes debía hablar para tener un cuadro creíble de lo que había pasado en la aldea. Decidió empezar por hacer una visita al cementerio. Allí estaba la víctima de esa persona que seguía en libertad porque el difunto sargento Blanco no había querido —o no se había atrevido —a perder su empleo y su pensión. Primero entró en el cementerio parroquial— vacío salvo por un matrimonio, los dos muy mayores y encorvados, que rezaban frente a una tumba —y comenzó a buscar la de Lucía. La aldea no era rica por eso apenas había losas de mármol. La mayoría de las sepulturas eran simplemente un rectángulo de tierra con una cruz de madera y el nombre del difunto escrito con pintura negra. Un ramito de flores silvestres frescas sobre una le llamó la atención. Se acercó y pudo leer: Lucía Cela Jiménez. 1896-1913.

—¿Qué hace usted aquí?

La voz lo sobresaltó. Se giró y vio a una mujer joven, enlutada, con los ojos enrojecidos, que lo miraba con recelo. El sargento decidió salirse por la tangente. Era una forma tan buena como otra cualquiera de iniciar una conversación.

—¿Se refiere al cementerio o a Ferradás?

—Aquí —señaló el suelo—. ¿Viene a ver si los Cela y los Cuervo seguimos matándonos?

El sargento negó con la cabeza antes de responder. —No. Quería ver la tumba de su... ¿hermana, prima?

—Hermana. ¿Y por qué quería verla? ¿Qué pensaba que iba a encontrar?

La respuesta fue tan lacónica como el tono de la conversación. —Nada en particular. Pensé que, tal vez, hubiera una fotografía junto a la cruz. Me hubiera gustado ponerle cara a su hermana.

—No tenemos dinero para lujos. Eso tiene que buscarlo en otras zonas del cementerio. Ahí sí que hay lápidas de mármol y retratos. Y ahora, por favor, márchese. Quiero rezar por Lucía, pero no delante de extraños.

—Solo una pregunta. ¿También usted cree que fue Horacio Cuervo quien mató a su hermana?

La joven lo miró y escupió en el suelo, la cara roja de ira.

—No vuelva a nombrar a ese malnacido delante de mi familia sino quiere acabar como él. ¡Váyase de aquí de una vez!

El sargento se retiró en silencio, murmurando una disculpa. Supuso que la hermana —por cierto, no le había dicho ni su nombre —estaba a la defensiva y no le extrañó. De una familia marcada por el dolor y el odio hacia quien había asesinado de una manera tan brutal a una joven de diecisiete años, no se podía esperar que escuchara con agrado sus dudas sobre la culpabilidad del que todos consideraban de común acuerdo, el asesino de Lucía.

Buscó los panteones. Supuso que esa era la zona rica del cementerio a la que aludía la hermana de la difunta. Vio tres, los tres en la zona central y se acercó. El techo del primero se había hundido hacía mucho tiempo a juzgar por la pequeña acacia que crecía en su interior y el musgo que impedía leer los nombres de los allí enterrados. El segundo también estaba abandonado. La cadena y el candado que cerraban la puerta, cubiertos de herrumbre, demostraban que allí nadie había puesto un pie en años. El sargento intentó leer los nombres de las lápidas, pero estaban resquebrajadas y los cristales de la puerta demasiado sucios. El tercero era otra cosa. La manija de la puerta recién bruñida, el pequeño altar cubierto por un mantel bordado y almidonado y dos jarroncitos de plata relucientes a ambos lados del sagrario. En el dintel de la puerta, el apellido Quinteiro. "Esta tiene que ser la persona a la que nadie le tose" Antes de salir, volvió sobre sus pasos, aunque procurando no ser visto. La hermana de Lucia estaba arrodillada, rezando un rosario de cuentas negras y, cada poco, se llevaba un pañuelo a los ojos. A su lado, de pie, un hombre, pelirrojo y delgado, esperaba, boina en mano, con la cabeza gacha y las manos juntas. Él también rezaba.

Al salir del cementerio general, y por segunda vez en veinticuatro horas, el sargento entró en otro cementerio mucho más pequeño e infinitamente más abandonado. Era donde habían enterrado a los siete miembros de los Cuervo y los Cela. Durante el funeral, preocupado por si las familias retomaban esa lucha que prometía durar todavía muchos años, el sargento no se había fijado en lo descuidado que estaba el lugar. El muro era bajo y la verja de entrada estaba medio caída. Allí las hierbas crecían a su antojo porque nadie parecía haber adecentado aquel sitio durante años.

—Es el cementerio de los suicidas y los asesinos —De nuevo una voz femenina a sus espaldas sobresaltó al sargento. Quien lo había informado era una anciana, baja, delgada, arrugada y voz sorprendentemente fuerte, cubierta con un mantón negro, que se persignó antes de seguir su camino, sin añadir ni una palabra ni esperar una respuesta. "Aquí debe estar enterrado Horacio Cuervo. Al fin y al cabo, para los vecinos, es un asesino" reflexionó el sargento, que decidió entrar.

El estado de conservación era penoso. Incluso vio el cuerpo de un animal pequeño, agusanado, que alguien había tirado desde el camino, además de bastante basura. Soto hizo un gesto de desagrado. "¿Es que los muertos no merecen respeto, al margen de cómo hayan muerto?" pensó. También se fijó en que no había cruces en las cabeceras de las tumbas. Únicamente unas tablas, la mayoría medio podridas, sin un nombre. Solamente las iniciales. ¿Familiares avergonzados? ¿Deseo de olvidar un pecado tan grave como un suicidio? ¿Falta de humanidad de una Iglesia que predica el perdón, pero que se lo niega a los desesperados, que, abrumados por la vida, son incapaces de seguir adelante? El sargento suspiró y no pudo evitar hacerse unas cuantas preguntas más. "¿Qué pensará Dios de los que, en su nombre, llevan la intransigencia hasta más allá de la muerte? ¿Es tanto pedir una cruz para marcar la tumba de una persona?" Un ladrido de Blum, impaciente por la espera, lo devolvió a la realidad. Se acercó al murete que rodeaba el cementerio y lo tranquilizó.

—Un poco de paciencia, hombre. Ya nos vamos.

Blum lo miró con ojos suplicantes, como un niño mimoso que intenta conseguir lo que quiere dando pena a los adultos. El sargento se rio.

—¿Alguna vez te he mentido? No, claro que no. Un minuto.

Siguió buscando la sepultura de Horacio Cuervo. Al fin la localizó, pegada al muro, en la esquina más alejada de la puerta, como si el enterrador hubiera querido ocultar la presencia de un homicida que pudiera contaminar a los demás cuerpos. Una tablilla con las iniciales H. C. medio borradas por la lluvia. "El apestado del cementerio. ¡Qué pena!" Las siete tumbas recién abiertas estaban en el otro extremo.

Salió pensativo. Una vez fuera, lio un pitillo y se agachó para acariciar la cabeza del perro, que, ahora, gruñía, inquieto, "¿qué pasa, Blum?", cuando una piedra lanzada con gran fuerza le dio en el hombro izquierdo. El sargento se tambaleó y tuvo que apoyarse sobre las manos para no caerse. El perro levantó las orejas y, rápido como el rayo, salió corriendo y ladrando furioso. El sargento lo vio meterse entre unos árboles. Lo llamó, pero Blum ignoró las llamadas y continuó la caza del agresor. Soto, nervioso, se incorporó, se acercó a un árbol y, sin darse cuenta, se apoyó en el hombro herido. Dio un respingo y movió el brazo con cuidado hasta encontrar la postura menos dolorosa. Tuvo una corazonada, metió el brazo en el espacio entre dos botones de la guerrera y bien pegado al cuerpo, se acercó hasta el cementerio grande donde comprobó que la hermana de Lucía ya no estaba allí. ¿Sería el hombre que la acompañaba quien había intentado descalabrarlo? En eso estaba, cuando el perro apareció con un trozo de tela negra entre los dientes. Lo dejó a los pies del sargento y lo miró, ladeando un poco la cabeza, algo que siempre hacía cuando esperaba una felicitación. El sargento le achuchó las orejas. —Bien hecho, Blum. Si además me dieras el nombre y apellidos de quien me hizo esto, te propondría para la medalla al valor —bromeó Soto. Se agachó, cogió el trozo de tela, lo examinó con cuidado y lo guardó en un bolsillo de la guerrera. Salieron del cementerio y tomaron el camino de vuelta a la aldea.

—¿Qué le ha pasado en el brazo? —Era la tercera vez aquella mañana que una voz desconocida se dirigía a él. Quien hablaba era una mujer morena, flaca, pelo canoso peinado en un moño tirante, ojos oscuros, boca grande y gesto decidido. Rogelio le calculó unos cuarenta años. Antes de que el herido pudiera responder, ella hizo las presentaciones y siguió hablando sin parar.

—Soy Pilar Santiso, la maestra. Usted tiene que ser el sargento que ha sustituido a Blanco. ¡Pues vaya momento que ha elegido para venir aquí! —Soto pensó que, seguramente, el sargento Blanco no se había muerto para fastidiarle la vida a su sucesor, aunque estaba de acuerdo en que la situación era más que complicada. Pero prefirió callarse ante la verborrea de la maestra. —En mitad de una guerra entre familias. ¡Una verdadera pesadilla! A usted lo vi ayer en el entierro. ¡Cosa más triste! —Blum, que no estaba acostumbrado a tanta locuacidad, la miraba con curiosidad. —¿Este perro es suyo? —El sargento hizo un gesto afirmativo con la cabeza—. ¿No morderá? —Nuevo gesto, esta vez negativo, de la cabeza de Soto acompañado de un ¡nooo! casi ofendido, tan común entre los dueños de perros. Pilar Santiso volvió a la pregunta que había dado paso a un monólogo francamente raro. —Iba a contarme qué le ha pasado en el brazo.

—Me han dado una pedrada. Y con ganas. Si me disculpa, tengo que ir al médico para que me vea el hombro.

—Lo acompaño. Vamos en la misma dirección. ¿Seguro que el perro no muerde?

El camino de regreso fue muy informativo y el sargento sintió no poder tomar notas en ese momento. Se prometió hacerlo en cuanto pudiera porque, a su manera atropellada y caudalosa, la maestra era un pozo de información. Había nacido en la zona, conocía a todo el mundo y había tenido un romance con Quinteiro, que la dejó plantada para casarse con Rosalía Briones. "Él tiene el apellido y ella el dinero, ¿comprende?" Sí, el sargento comprendía. —Pero lo malo no fue que me dejara. Es que me tuve que enterar por uno de sus escuderos. Llamo así a sus amigos porque parecen sus criados —añadió en tono confidencial, bajando la voz, a pesar de que estaban solos. —Alfredo siempre ha sido muy soberbio y trata a la gente como si estuviera sentado en un trono. Usted ya me entiende—. El sargento entendió.

Rogelio aprovechó que la mujer hizo una pausa para tomar aliento para llevar la conversación por otros derroteros más cercanos en el tiempo. Cuando nombró a Lucia y a Horacio, el tono de la maestra cambió bruscamente. Ya no era una cotilla un poco atropellada que informaba a un forastero sino una mujer sensible que había conocido a las víctimas y se dolía de lo que les había pasado.

—¡Pobres! ¡Fue una desgracia terrible! ¿Quién iba a decir que Horacio, tan tranquilo y pacífico iba a ser capaz de matar a Lucía? ¡Y de una forma tan despiadada! ¡Pero si estaban enamorados desde que tenían once o doce años!

Rogelio metió a calzador la pregunta que le rondaba la cabeza desde que hablara con Hortensia, la viuda del sargento Blanco. —¿Cree que fue Horacio quien mató a su novia?

Ella lo miró, sorprendida por su franqueza y le respondió también sin recurrir a frases hechas o simplemente, callar. —La verdad, siempre tuve mis dudas. Pero, las pruebas decían lo contrario. Desde la discusión con Lucía, no se lo volvió a ver en toda la noche. Y, el suicidio no hizo más que rematar el caso contra él. Supongo que ya sabe todos los detalles.

—Sí. He estado leyendo los atestados y todo lo señala a él como el culpable. Pero me gustaría que alguien que lo conoció, alguien como usted, me contara cómo era ese chico. Esas cosas que no suelen incluirse en los atestados, pero que encierran muchas respuestas.

—Era cantero como su padre, Roque, que fue quien le enseñó el oficio. Murió unos tres años antes que su hijo y, desde ese momento, Horacio se convirtió en el hombre de la casa. Serio, trabajador. Lo recuerdo cuando todavía estaba en la escuela. Era respetuoso y tranquilo. Por eso me extrañó tanto que pudiese cometer el crimen del que lo acusaron. Hacerle algo tan cruel a una chica de la que estaba enamorado. —Hizo un gesto de desánimo. —Pero, es una corazonada y esas no se admiten en los juzgados, ¿verdad?

—Verdad.

Una pareja ya mayor, él con un rastrillo al hombro y ella con un cubo de castañas en cada mano, pasó por su lado y los saludaron: "queden con Dios" Ellos respondieron y siguieron rumbo a la aldea. La maestra retomó la conversación.

—¿Sabe qué me vino a la memoria cuando me enteré de lo que había pasado? —Rogelio la escuchaba atentamente. —Aquella estrofa de un tango que dice: "No se puede ser malo a tan temprana edad" —suspiró. —Si Horacio mató realmente a su novia, creo que el tango y yo estábamos equivocados.

—Tal vez no.

—¿Piensa investigar la muerte de Lucía? —El gesto de la maestra era una mezcla de sorpresa y esperanza.

—He oído rumores que me han hecho pensar en la posibilidad de que la acusación fue infundada. Tengo que buscar indicios que apunten en esa dirección, claro. No parece fácil, pero si los encuentro, por mínimos que sean, lo haré.

La mujer lo miró unos instantes. Después señaló la puerta frente a la que se habían parado. —Ya hemos llegado. Este es el consultorio de don Ramón.

—Gracias por la compañía.

Ella lo miró con gesto serio. —Si va a investigar la muerte de Lucía, hágame caso y vigile su espalda. Esa pedrada puede ser solo el principio.

* * *

—Por suerte no tiene nada roto, aunque seguro que le duele a rabiar —el sargento no le quitó la razón. El hombro dolía a rabiar, sobre todo, después de la vigorosa exploración que el médico había llevado a cabo sin demasiados miramientos. —Tintura de árnica y agua de vegeto. Que se la preparen en la botica. Dese unas friegas tres veces al día y ya verá como la inflamación irá bajando. Y mueva el brazo con cuidado porque el hombro va a seguir doliendo unos cuantos días. Cuestión de paciencia —fue el diagnóstico de don Ramón, unos sesenta años, regordete, carácter decidido y hablar franco. Ayudó a Rogelio a ponerse la camisa y la guerrera mientras comentaba.

—Ha debido pisar algún callo muy importante, sargento. Si esa piedra llega a dar en la cabeza, la tintura de árnica hubiera servido de poco.

—Ese era el destino del pedrusco, no crea. —El médico lo miró, asombrado. —Me agaché para tranquilizar al perro y eso me salvó de que me hubieran abierto la cabeza con todas las de la ley.

El médico silbó por lo bajo. —Están apostando fuerte, caramba.

—¿Quiénes?

—Los que no quieren que usted meta las narices en asuntos que ya daban por zanjados.

—Esa gente tan interesada tiene nombre y apellidos, supongo —dejó caer Rogelio.

—Supone bien, pero es difícil dar un nombre.

—¿Y eso?

—Demasiados candidatos.

El sargento pensó unos segundos. —No lo entiendo. Los Cuervo deberían agradecer que se intentara limpiar el nombre de uno de los suyos. —Don Ramón asintió—. Y, por otro lado, ¿qué pueden perder los Cela si se descubre que a su hija no la mató quien todos creían el asesino?

—No olvide que trabajan para la Casa Grande. Los padres de Lucia son quienes llevan la molinera de los Quinteiro. Podrían amenazar con ponerlos en la calle como medida de, digamos, disuasión. Para que se queden callados y ayuden a quitarle a usted las ganas de investigar.

—¿Y cree que un trabajo es razón suficiente para que la familia prefiera ignorar quién asesinó realmente a esa chica?

El médico se quitó las gafas y las limpió con cuidado. —No me refería exclusivamente a las dos familias directamente afectadas por esa muerte. Que también. Estaba pensando en las personas dispuestas a hacer cualquier cosa para que no se moleste al verdadero responsable.

Rogelio sonrió y recordó las palabras de la maestra. "Yo los llamo los escuderos" —Ya entiendo. Hay que proteger al que da de comer a media aldea. ¿Es eso?

—Exacto. Que todo siga como hasta ahora. Y, además de sirvientes, jornaleros, caseros, obreros de la tejería que hay cerca de la cantera, muchos de los que trabajan en las minas de wolframio de Villa de Cruces, cerca de aquí —de las que esa persona es accionista—, y siga contando. A esto, añada abogados, procuradores, algún juez y una institución que sale beneficiada de los donativos de esta familia y ya tiene, como mínimo, dos grupos donde escoger.

—Los dos muy numerosos, sin duda.

—Y que no pierden ni un minuto, como ha podido comprobar.

Don Ramon se levantó de su sillón con una cierta dificultad. —¡Dichosas rodillas! Y esta humedad no ayuda, precisamente. Y ahora, sargento, es mejor que se vaya. Hay un par de pacientes esperando y podrían extrañarse de que un simple golpe en un hombro me dé tanto trabajo.

—¿No podríamos vernos para seguir hablando de este tema?

—Sí, pero vamos a dejar pasar unos días. Después vuelva con la disculpa de que el hombro sigue dándole la lata. Durante esos días, investigue. Y cuídese.

—Un último favor. Si aparece alguien con una mordedura de perro, le agradecería que me avisara.

—Descuide. Lo haré.

El doctor abrió la puerta y despidió al sargento, recomendándole, con voz ligeramente más alta de lo normal, que ese hombro había que cuidarlo y que debía pasarse por el consultorio para una revisión.

V

El tiempo se cansó de portarse bien, el sol se retiró y dejó su lugar a la lluvia y al frío. Los caminos se convirtieron en barrizales, las tardes perdieron terreno frente a la noche y los lobos, zorros y demás predadores de los bosques, envalentonados por las sombras, se acercaban hasta las aldeas en busca de comida. Los cazadores engrasaron las escopetas y todos se prepararon para los magostos y las matanzas.

Rogelio estaba molesto. Aquella mañana, cuando abrieron el cuartel, encontraron un papel clavado en una de las puertas con un mensaje tan breve como contundente. SOTO. VETE. Lo miró y lo remiró antes de guardarlo en uno de los cajones de la mesa de su despacho. Después de cambiar impresiones con el cabo sobre el mensaje, salió dispuesto a continuar con esa investigación que tanto ¿enfadaba?, ¿inquietaba? a esa persona a la que nadie nombraba, pero a la que todos achacaban la muerte de Lucia Cela. "¿Cómo se puede aceptar esta situación? No solo no lo denuncian. Es que, encima, tapan el delito, al delincuente y a seguir viviendo como si nada hubiera ocurrido. Como si lo ocurrido fuera lo más normal del mundo. ¿Es un empleo tan importante como para callar ante semejante atropello? ¿Con qué clase de gente he venido a dar?", reflexionó el sargento. Blum, como siempre, caminaba a su lado.

El resto de la dotación, compartía una mezcla de preocupación y sorpresa. Jamás había pasado semejante cosa. La sensación general era que aquel papel —aunque se centrara en Soto— era una crítica a todos ellos por encarcelar a un inocente y provocar su suicidio. Lo de levantar la alfombra no les parecía muy buena idea. La mayoría opinaba que, retomar la investigación era reconocer un error que, total, ya no tenía remedio. Lo mejor era quedarse quietos y no dar al enemigo razones para atacarlos. Pero el sargento insistía.

—Seguro que anda por ahí, preguntando. El día menos pensado le dan un tiro y después que no se queje, —afirmó Gamarra, que llevaba más de doce años en la aldea y conocía bien a los vecinos.

—Lo malo es que, por su culpa, nos lo den a ti o a mí —añadió Pozo que siempre había admirado la habilidad del difunto sargento Blanco para no molestar a aquellos que podrían perjudicarte. El cabo Fiuza puso fin a la conversación con tono serio.

—El sargento no necesita consejos. Sabe lo que se hace. Menos criticar y todo el mundo a trabajar. ¿Vosotros no teníais que estar patrullando?

El guardia Gamarra llevaba razón. Rogelio pensaba continuar husmeando y el cartel no había conseguido más que animarlo. "Es evidente que debo estar acercándome a algo." —meditó. —Pero, ¿a qué? Esto de ir a ciegas...

En la semana que llevaba en la aldea, el sargento había hecho preguntas, unas veces simples insinuaciones, otras, a la descarada, sin el menor disimulo, pero en ambos casos, el resultado había sido muy desalentador. La mayoría se había negado en redondo a responder. Encogimiento de hombros, miradas atravesadas, monosílabos o, simplemente, silencio. Dos o tres vecinos le aconsejaron que al pasado no hay que despertarlo. Y, ¿cómo no?, también hubo quien apuntó a la presencia del Mal que se había apoderado del joven y guiado su mano hasta la cabeza de Lucía, obligándolo a golpearla de la forma brutal que todos conocían. "El párroco —añadían— debería haber hecho un exorcismo a Horacio y bendecir el molino." Hubo quien habló de una procesión como el mejor método de librarse de lo que fuera que había intervenido en aquel asunto tan tétrico.

Rogelio se acercó a una tienda pequeña donde, entre otras muchas cosas, vendían papel de fumar y picadura de tabaco. Soto prefería la picadura más fina, pero la dueña de la tienda había sido una de las mejores amigas de Lucía Cela y quería hablar con ella. Por suerte, esa mañana, él era el único cliente y eso lo animó a preguntar directamente.

Contrariamente a la mayoría de los vecinos, Sira Taboada respondió con claridad. Sí, conocía a Lucía y a Horacio. Y no, no había ningún otro hombre en la vida de Lucía. De eso estaba segurísima. ¿De qué habían discutido? Ella tenía que volver a casa antes de que terminara la verbena, su padre era bastante severo con sus hijas y no les permitía regresar más tarde de las nueve y media. Él le había pedido que esperara un poco. — Esas discusiones ridículas en las que ninguno quiere ceder. Nada importante. Una tontería. —Y no, a pesar de todo lo que se había dicho en la aldea, nunca había creído que Horacio pudiera ser un asesino. Pero, claro, lo detuvieron y…

En ese momento, los ladridos furiosos de Blum y una voz masculina amenazando al perro, alertaron al sargento que salió a la calle inmediatamente. Un hombre pelirrojo intentaba zafarse de Blum que tenía entre los dientes una de las perneras del pantalón de aquel tipo y no pensaba soltarla. El sargento se plantó frente al hombre que, al verlo, dio un tirón, dejando al perro con un trozo de tela prendido en sus dientes. Rogelio lo reconoció al instante. Era el hombre pelirrojo que estaba en el cementerio con la hermana de Lucía. Medio pueblo asistió a un interrogatorio en plena calle.

—¿A dónde vas con tanta prisa?

—Yo no he hecho nada. La culpa fue del perro. Me atacó sin motivo.

—A ver esos tobillos —Rogelio miraba los pantalones del hombre.

—¿Por qué?

—Porque en mi despacho tengo un trozo de tela idéntico a este —Soto le mostró el guiñapo que Blum tenía entre los dientes. —Y, ¡mira qué casualidad! los dos salieron de este pantalón. —señaló las perneras deshilachadas—. Tenías que haber dicho a tu mujer que arreglara el desgarrón del otro día, cuando intentaste romperme la cabeza a las puertas del cementerio.

—Yo no intenté nada.

—O sea, que tú no estabas escondido cerca del cementerio al día siguiente de los entierros.

—No.

—¿Y esta herida? —el sargento señaló uno de los tobillos.

—No sé.

—Caramba. Pues tiene muy mala pinta. Debe doler... ¿Y no sabes cómo te la hiciste?

—No.

—De acuerdo. Vamos al cuartel y allí te explicaré el tiempo que vas a pasar en el calabozo por esos delitos que, según tú, no has cometido.

El detenido hizo amago de salir corriendo, pero el sargento lo frenó en seco.

—Blum, si se escapa, síguelo.

No hubo necesidad. Con una mordedura tenía más que suficiente. El sargento se lo llevó detenido al cuartel entre murmullos de los presentes que no veían el motivo de esa detención, aunque no se atrevieron a decirlo en voz alta ya que, en ese momento, apareció una pareja de guardias y los ánimos se calmaron. Rogelio y el detenido llegaron al cuartel donde el médico vio la herida, afirmó que, sin lugar a dudas, era una mordedura de perro y procedió a hacer una cura. Soto acompañó a don Ramón hasta la puerta. —Parece que ya ha encontrado algo que justifique la investigación, sargento.

—¿Sabe quién es ese tipo?

—Venancio Landín. Un cuñado de Lucía que trabaja en la tejera.

El sargento hizo un gesto de fastidio. —¡Vaya por Dios! Pudo haberme atacado por defender la inocencia de Horacio o por ayudar a su jefe. Vaya usted a saber. La pedrada fue la reacción a mis preguntas a su mujer cuando la vi en el cementerio. Él no tuvo arrestos para atacarme de frente, cogió lo primero que encontró y me lo tiró, protegido por los árboles. Pero el cartel no puede ser obra de los Cela.

Don Ramón le dio la razón. —Efectivamente, son casi analfabetos. Como los Cuervo.

Soto meditó unos instantes y tomó una decisión. —Preguntando por la aldea no conseguiré nada, salvo alguna que otra pedrada más. Tengo que alborotar el gallinero. Tal vez así, los obligue a hacer algo que los deje al descubierto.

—Tenga cuidado. Las gallinas pueden ser peligrosas, sobre todo cuando defienden a sus crías.

—¿Tienen hijos los Quinteiro?

—Legítimos, no. Aunque en la aldea, a él se le atribuyen varios ilegítimos. Y la verdad, aunque él lo niegue, un par de esos rapaces se le parecen bastante. Claro que nunca los ha reconocido ni lo hará.

—Supongo que no le importan lo más mínimo —conjeturó Rogelio.

—Puede estar seguro. Y, si intentara actuar como el hombre decente que no es, no creo que su mujer consintiera semejante humillación pública. Imagínese. Todo el mundo sabe que su marido la engaña con las criadas del pazo, la mujer de un casero o cualquier mujer de la aldea, por no hablar de lo que haga cuando está fuera de aquí. —El sargento comprendió que el médico tenía razón—. Ella aparenta indiferencia ante todas estas infidelidades, pero si Quinteiro reconociera a un bastardo que, encima, heredaría su dinero. ¡Imagínese! Eso jamás. Rosalía es orgullosa y, por si eso fuera poco, ya lo habrán informado de que el dinero que puso en pie el pazo de los Quinteiro es de ella.

El sargento dio un cabezazo afirmativo. —O sea, que la gallina de la que habla no defiende a sus crías sino al gallo del corral.

Don Ramón se rio ante la comparación. —Exacto. Y, por cierto, habló usted de alborotar el gallinero. ¿Cómo piensa hacerlo?

—Yendo a la Casa Grande y hablando con sus dueños —afirmó Rogelio con toda la sencillez del mundo.

—Eso no es un gallinero, sargento. Es un nido de víboras.

—Lo tendré presente. Gracias por la aclaración.

VI

—Blum, hoy no puedes venir conmigo. —Blum lo miró, asombrado ante semejante novedad. Rogelio se vio en la necesidad de explicarse—. En el sitio al que voy son muy capaces de guisarte para la cena. Tú verás qué haces.

Blum se quedó por el barrio ampliando el círculo de amistades y el sargento se dirigió a la Casa Grande. Mientras se acercaba, iba ensayando qué razones iba a darles a los dueños para presentarse así, sin un motivo aparente, a hacer preguntas sobre un crimen del que todos conocían al autor, pero al que nadie acusaba abiertamente. Una vocecita interior le aconsejaba escudarse tras la matanza de las dos familias para, partiendo de ahí, ir retrocediendo a ver qué le contaban de Lucía y Horacio. Otra, la más osada, lo animaba a entrar en materia sin dar explicaciones o disculpas. Como se debe hacer y no como un animal acobardado que, encogido en una esquina, se resiste a atacar. "Dentellada y a observar la reacción del matrimonio Quinteiro Briones", siguió aconsejando la vocecita más atrevida. Decidió que, según cómo lo recibieran, cogería un camino u otro.

Una doncella uniformada abrió la puerta y le pidió que esperara un momento mientras avisaba a los señores. Soto dio una vuelta por el enorme zaguán, admirando los arcones tallados, los tapices y una colección de armas antiguas, cuando una voz femenina, profunda, algo ronca y muy sensual, se dirigió a él desde el rellano de la imponente escalera que unía la planta baja y el primer piso.

—¿A qué debemos el placer de su visita?

Rosalía Briones, alta, morena, boca grande. La nariz ganchuda y los ojos pequeños y muy juntos que le daban el aspecto de un ave de presa observando una posible víctima, bajó las escaleras con estudiada lentitud, dándole al sargento la oportunidad de contemplarla a placer. Rogelio le calculó la misma edad de su marido y le sorprendió que, a esa hora del día, fuera vestida y maquillada como si esperara una visita importante. Ella también lo observó y lo que vio pareció gustarle. Joven, serio, guapo. Y, si no la habían informado mal, solo.

—Sígame, por favor. —Se volvió a la doncella—. Sabina, sírvenos el café en el salón pequeño. ¡Perdone! Tal vez prefiera algo un poco más fuerte. ¿Un coñac?

La pregunta iba dirigida al sargento que se apresuró a contestar. —El café es perfecto, gracias.

—¿No le gusta el alcohol? —preguntó Rosalía al tiempo que le indicaba a Rogelio una esquina del sofá donde también ella se sentó.

—En mi profesión conviene tener la cabeza despejada

—Tenían razón los que me dijeron que es usted un hombre sensato.

—No crea todo lo que le digan. "Si fuera sensato, no estaría aquí" pensó Rogelio.

Sabina entró, dejó una bandeja con la cafetera y las tazas frente a la señora y se retiró. La dueña de la casa sirvió el café. Rogelio estaba valorando cómo enfocar el tema que lo había llevado hasta allí, pero no hizo falta que él decidiera. Rosalía lo hizo por él.

—Dígame, sargento, ¿qué es lo que lo empujó a investigar un asesinato de hace ocho o nueve años?

—Entre otras cosas, que el chico negó rotundamente ser el culpable de esa muerte.

—¿Acaso no lo hacen todos los criminales?

—No todos.

—Pero no podrá negar que el que se suicidara fue un indicio muy claro de culpabilidad. Los remordimientos por lo que había hecho. —¿Eran figuraciones del sargento o Rosalía se había ido moviendo en su dirección hasta que las rodillas de ambos acabaron por tocarse? Prefirió seguir con la conversación.

—O que comprendió que nadie iba a creer lo que decía.

—¿Insinúa usted que la Guardia Civil miró para otro lado? Es una acusación muy seria.

"Nos pasamos a la artillería pesada, ¿eh?" pensó Rogelio." Pues vamos a hacer lo mismo" —Creo que ese chico supo que el verdadero asesino era demasiado importante y él demasiado humilde. Un simple cantero. Sin olvidar lo que parecían pruebas abrumadoras en su contra y la perspectiva de ser condenado al garrote vil. Prefirió sacarse de en medio sin dar tiempo a los investigadores a completar su trabajo. Tal vez yo pueda hacerlo.

Rosalía sirvió más café y le rozó la mano al pasarle la taza. No fue un roce casual. Estaba tanteando el terreno. Le dedicó una sonrisa a Soto —que prefirió centrar su atención en revolver el azúcar —pero sus ojos no reflejaban alegría precisamente. La andanada del sargento parecía haber hecho diana.

—Parece que tiene muy claro el nombre del culpable.

—Es un poco pronto para eso.

—Pero tiene sus sospechas.

—Sí, claro. Pero le rogaría que no me pregunte hacia donde apuntan porque no puedo dar detalles de mis pesquisas.

—No voy a hacerlo, no se preocupe. —Decidió cambiar de táctica—. Y, dejando a un lado ese suceso tan triste, ¿qué le parece la aldea? Según tengo entendido, viene usted de la Comandancia de Santiago. ¡Vaya diferencia con esto! —Hizo un gesto con la mano como si quisiera abarcar la aldea.

—Las he visto peores, no crea.

—¿Cómo es que no ha venido su esposa con usted?

—Tal vez porque no la tengo —explicó el sargento. —Aunque supongo que usted, que está tan bien informada, ya lo sabe.

Rosalía sonrió con un gesto que quiso ser de picardía y se quedó en una mueca. —Tiene que ser triste estar tan solo en la Casa Cuartel —el sargento no respondió. Tenía curiosidad por saber a dónde quería ir a parar. Y dónde pararía. Ella continuó preguntando—. ¿Es que no ha encontrado la mujer adecuada? —Me temo que todavía no. —¡Qué lástima! —entonces, añadió, como si la idea acabara de ocurrírsele. —Puedes acercarte hasta aquí cuando necesites hablar. Yo también paso mucho tiempo sola. Los negocios de mi marido lo obligan a viajar con demasiada frecuencia y… —hizo una pausa de unos segundos—. No voy a negarlo. Me siento un poco abandonada en esta casona. —Ahora el sargento no tuvo la más mínima duda sobre las intenciones de la mujer que posó una mano en su rodilla derecha al tiempo que susurraba —Podríamos hacernos compañía, ¿no te parece? Nada serio, por supuesto. Simplemente, los dos obtendríamos lo que necesitamos y tan satisfechos. Sin compromisos. ¿No te parece una buena idea? —La mano comenzó a subir lentamente por su pierna. Rogelio dejó la taza de café en la mesita y la miró muy serio.

—Lo siento, pero se me ha hecho muy tarde. Debo irme.

La mujer parecía entre decepcionada y enfadada. Pero, a los pocos segundos, volvió a sonreír, como si nada hubiera pasado. Eso sí, retiró la mano y no volvió a tutearlo.

—Perdóneme por entretenerlo con mi cháchara. Pero, antes de irse, sáqueme de una duda que, podríamos llamar legal. ¿Puede investigarse un caso cerrado?

—Si surgen nuevos indicios o sospechas de que la investigación no se completó satisfactoriamente —como pasó en este caso—, claro que sí. Y no solo se puede reabrir, es que, debe hacerse. Y ahora, si me perdona —se levantó— tengo que regresar al cuartel.

—Siento que no pueda hablar con mi marido. Hoy ha tenido que ir a Santiago para solucionar unos asuntos. Está siempre tan ocupado…

—Dejaremos la conversación para otro día —aseguró Rogelio, con tono despreocupado—. Solo necesito saber dónde estaba la noche del asesinato de Lucía Cela.

—Aquí, conmigo, como es natural.

Rosalía lo acompañó hasta la puerta. Antes de despedirse, le preguntó, muy amablemente. —¿Qué tal va su hombro, sargento?

—Bastante bien, gracias.

—No olvide que don Ramón tiene que echarle otro vistazo —aseguró con lo que pretendía ser un tono amable, pero que, en su voz, profunda sonaba como una amenaza.

—Claro que no. Muchas gracias por su interés.

El sargento cruzó el jardín delantero donde un hombre, rastrillo en mano, estaba recogiendo hojas secas. Respondió a su saludo y continuó andando hasta salir de la propiedad. Una vez en el camino, se parapetó tras el muro que rodeaba la finca y desde allí espió la Casa Grande. Desde uno de los balcones, Alfredo Quinteiro lo había estado observando.

—¡Vaya! —exclamó Rogelio en voz alta—. ¡El que estaba en Santiago acaba de materializarse en Ferradás! Como es tan rico, seguro que tiene una alfombra voladora o un caballo con alas. —Se rio al imaginar a Quinteiro, tan soberbio, surgiendo de entre las nubes en mitad de la aldea, como un genio maligno. Después se puso serio. Mientras liaba un pitillo, meditaba sobre la Casa Grande y sus habitantes. "Quinteiro estaba en el pazo, pero envió a su mujer en plan avanzadilla, a averiguar qué sé y si pienso seguir adelante con la investigación. Y, creyó que proponerme una relación satisfactoria para llenar nuestras respectivas soledades sería una buena forma de tenerme controlado a través de ella. ¿Qué esperaba? Si hubiera aceptado, me imagino al dueño del pazo entrando en el salón, haciendo el papel de marido humillado y con ganas de venganza. ¿Qué pensaba hacer? ¿Retarme a un duelo como en el siglo pasado y atravesarme con un florete? ¿Es que cree que esa es disculpa para matar a un hombre en pleno siglo veinte? ¿O, tal vez, mandar a algún matón a darme una paliza o algo peor?" Una idea, como un chispazo, cruzó su cerebro. "¡Echarme de aquí! Eso es lo que quiere. Una queja a mis superiores por conducta impropia y me enviarían al puesto más alejado de Ferradás y de los enjuagues de este hombre." El hombro herido le dio un tirón. Buscó la postura más cómoda al tiempo que llegó a una conclusión. "¡Vaya pareja! Él la envía en plan mujer fatal y ella acepta y está dispuesta a tener una aventura con un perfecto desconocido. Parece que, para conseguir lo que quieren, no se paran en barras. Pues sí que hay que tener cuidado con ellos"

Siguió andando hasta el cuartel, intentando recordar quiénes estaban en el consultorio de don Ramón cuando este le había recomendado una segunda visita. Se encogió de hombros. ¡Qué más daba! Quinteiro tenía muchos ojos y oídos que espiaban para él. Y para su mujer, según había tenido ocasión de comprobar. Si no era en la consulta del médico sería en el estanco o en la barbería. Eso estaba claro. Cada paso que daba, cada palabra que pronunciaba era observada y, más tarde, repetida ante los Quinteiro. Lo que ahora lo intrigaba era: una vez fracasado el ofrecimiento de Rosalía de divertirse juntos, ¿cuál sería el siguiente paso que daría el señor de la Casa Grande para parar una investigación que, indudablemente, le molestaba muchísimo? No tuvo que esperar para saberlo.

VII

El comienzo de la temporada de caza significaba un trabajo añadido para el cuartel. Entre tramitar primeras licencias, renovar otras, controlar las municiones, patrullar y seguir con el trabajo ordinario, todos estuvieron ocupadísimos. La primera tarde que pudo tomarse un respiro, Rogelio, que era muy andarín, llamó a Blum y juntos se fueron a visitar la iglesia parroquial. Allí encontraron a don Satiro, el párroco, un hombre bastante joven, bajito, de movimientos enérgicos y voz de adolescente acatarrado. Blum se quedó esperando en el atrio mientras los dos hombres entraban en la iglesia. Fue una visita muy agradable y el sargento hizo muchas preguntas sobre las imágenes —algunas muy antiguas —y todo lo que le llamó la atención. Incluso hizo algunos bocetos en la libretita que siempre llevaba encima. Antes de salir, se detuvo frente a un cepillo y dejó la limosna prometida a la imagen que tanto lo había intrigado el día que llegó a la aldea. "Lo prometido es deuda", pensó.

Después don Satiro invitó a Rogelio a tomar un café en la casa parroquial y allí le presentó a su madre, una mujer bastante mayor, que apenas salía de su habitación por culpa de su mala salud, según su hijo. Felisa, la mujer que cuidaba de la enferma y del sacerdote, les sirvió el café, los dejó solos y se volvió a hacer compañía a la señora.

—Este no es sitio para una persona tan delicada como mi madre. Tendría que estar en Santiago o cualquier ciudad donde haya un hospital como Dios manda. Y aquí… —dejó la frase en el aire.

—¿No puede pedir el traslado a otra parroquia?

—Ya lo he intentado, pero nada. Aldeas, las que quieras, pero para cuando te dan un pueblo medianamente decente, eres ya tan mayor que ni te importa dónde estás.

—¿Ni siquiera explicando la situación de su madre?

—La única forma de salir de aquí es que alguien te ayude. Alguien de más arriba —El índice de don Satiro señalaba al techo. Rogelio no entendió a quién o qué se refería. ¿A Dios, que podría hacer el milagro? ¿A algún santo de su devoción? Su cara de despiste hizo reír al cura. que adivinó sus pensamientos. —En el Cielo no solucionan estas cosas tan terrenales, hombre. Me refiero a alguien con influencias en los sitios adecuados.

—¿Alguien como Quinteiro? —sugirió Soto.

—Efectivamente. Tiene mucho de todo, amistades, dinero y, por tanto, influencias.

—¿Lo conoce usted bien? Quiero decir, como para pedirle que le dé un empujoncito a su petición de traslado.

—La verdad es que sí. La fachada es la de un hombre orgulloso, inaccesible, incluso soberbio, pero cuando hablas con él, cambia bastante. Es mucho más amable de lo que parece y espero que me ayude a salir de esta aldea de mala muerte. ¡Perdón! No debería hablar así. No quería decir eso —se disculpó el cura, fastidiado por haberse expresado con tanta sinceridad.

—¿Y su mujer? ¿Es tan caritativa como dicen en la aldea?

—El sargento iba de farol. Nadie le había comentado que Rosalía colaborara con la parroquia, pero don Satiro no lo sabía. A ver por dónde salía.

—Apenas la conozco. Suele ir a la capilla del convento de las clarisas. Tendrá que preguntar a don Julián, el capellán.

El sargento deslizó la pregunta que tan nerviosos ponía a la mayoría de los vecinos. —¿Estaba usted aquí en la época en que Horacio Cuervo mató a su novia?

Don Satiro lo miró con desconfianza y preguntó a su vez sin darse cuenta de lo reveladora que era la pregunta.

—¿Qué tiene que ver Quinteiro con ese asesinato?

—Que yo sepa, nada. "Por ahora "—pensó Rogelio que, en seguida notó el cambio de actitud del cura. De ser un hombre correcto a estar a la defensiva.—Ni se me había ocurrido que él pudiera estar implicado —mintió—. Aunque me gustaría hablar con él porque como Lucía trabajaba para la familia…

—Media aldea trabaja para ellos —argumentó don Satiro.

—Eso no quiere decir nada.

—Yo no estoy acusando a nadie. Fue una simple asociación de ideas.

—A veces, las ideas son como las armas, las carga el diablo —aseguró, sentencioso, don Satiro.

El sargento sonrió. —Las armas las cargamos los hombres. Eso puedo asegurárselo porque ando entre ellas y la pólvora y el azufre no se parecen en nada. Y estoy convencido de que las ideas van y vienen sin que el diablo intervenga. Ya los hombres nos las arreglamos para liar las cosas sin ayudas, digamos, externas.

—Está usted hecho todo un filósofo, sargento —aseguró don Satiro con tonillo entre burlón y pedante.

—Es lo que tienen los sofismas. Son como un anzuelo y yo siempre pico.—El sargento se levantó y se despidió del cura.

—Gracias por su amabilidad. Y salude a su madre de mi parte. Espero que se mejore.

Don Satiro lo vio salir de la casa parroquial con gesto furioso. —¡Me ha llamado mentiroso!

* * *

Esa noche, después de cenar y charlar unos minutos con Celsa y Santos, Rogelio decidió dar un paseíto antes de retirarse al cuartel. La conversación con don Satiro lo había puesto de buen humor y, con Blum a su lado, iba recordando sus tiempos de estudiante de bachillerato, cuando el profesor de Filosofía les enseñaba las diferencias entre un sofista y un filósofo, aunque, al principio, les había costado distinguir las sutilezas entre ambas palabras. "Mira por dónde qué bien me han venido las clases de don Anselmo".

Era una noche fría pero seca y la luna ayudaba a las escasas farolas a iluminar el camino. —Llegamos hasta el molino y luego para casita. ¿eh, muchacho? —Blum no tuvo nada que objetar hasta que, pasado el molino, cuando sólo se oía a las ranas croando, el perro se paró repentinamente, el pelo erizado, se giró y empezó a gruñir. Soto se paró también y miró alrededor. Sin darse cuenta, se habían alejado bastante de la aldea, habían pasado el molino, no había ni una vivienda a la vista, era de noche y aquel era el lugar perfecto para una emboscada. "Con lo popular que soy, más de cuatro querrían encontrarme aquí" Entonces vio lo que tan nervioso había puesto al perro. Un bulto negro se acercaba a ellos. Blum lanzó un ladrido de aviso, pero el bulto continuó avanzando. Un segundo ladrido tampoco sirvió de mucho. Blum se preparó para lanzarse contra aquella forma extraña y oscura que no se asustaba ante sus advertencias. Rogelio agarró al perro por el collar, se acercó a una farola y llevó la mano libre al arma reglamentaria. —Calma, muchacho— aunque tanto él, como el perro, no estaba precisamente tranquilos. Una voz femenina calmó los ánimos.

—Perdone, señor. Usted es el sargento nuevo, ¿verdad?

—Sí señora. —Blum seguía inquieto y Rogelio intentó justificarlo—. Disculpe al perro. Se ha asustado un poco. Solo eso.

Ahora podía ver bien a la mujer. Recordaba haberla visto en el entierro. Pero, ¿en qué grupo? Baja, delgada, pelo recogido bajo un pañuelo negro, ni una sola arruga y voz suave. Rogelio le calculó unos cuarenta y pocos años. Pero fue su mirada lo que lo sorprendió. Era la de alguien mucho mayor. La de la persona que ya ha sufrido mucho, visto mucha muerte y perdido la esperanza en casi todo.

—La culpa es mía por aparecer de esta manera —se disculpó—. Soy Manuela Pérez, la madre de Horacio Cuervo. Los estuve siguiendo un rato y este sitio me pareció bueno para hablar con usted.

—¿Y por qué no se pasa mañana por el cuartel? —Rogelio no salía de su asombro. ¿Hablar en mitad de la noche y en semejante lugar?

—No deben verlo hablando conmigo. No le conviene.

—Pero, ¿por qué dice usted eso?

—Porque en la aldea tiene usted muchos enemigos que no quieren que siga buscando al asesino de Lucía. Verá, sargento, solo quería decirle que nadie de mi familia levantará la mano contra usted. La pedrada del otro día, fue cosa de los Cela. Y, sobre todo, quiero agradecerle lo que está intentando hacer por mi hijo.

—No me lo agradezca, señora. Cumplo con mi deber.

—Verá, nosotros siempre fuimos gente honrada hasta aquella maldita noche, cuando a mi hijo lo acusaron de algo que no había hecho —hizo una pausa, decidiendo si confesarle a aquel hombre que la escuchaba con atención y mirada compasiva lo que tanto le dolía. Rogelio tendría la edad de su hijo si este no se hubiera suicidado. Y ambos tenían algo en sus ojos que inspiraba confianza. Optó por seguir hablando.

—Fue la única vez que me alegré de que Roque, mi marido, estuviera muerto. No tuvo que ver cómo nos convertimos en la familia del asesino, las miradas de los vecinos, el desprecio de gente con la que siempre nos habíamos llevado bien, lo solas que nos quedamos mis hijas y yo. Y lo peor de todo, a Horacio, con aquella marca negra alrededor del cuello y la cara hinchada, deformada —Se limpió unas lágrimas e hizo un inciso para explicar—. Se ahorcó en el calabozo, como ya sabrá— Rogelio asintió en silencio—. Tuvimos que cerrar la caja para que nadie lo viera así. Aunque, solo vino la familia. La gente no asiste al velatorio de un asesino y un suicida.

—No puedo prometerle nada, pero sí que, si su hijo no mató a esa chica, ustedes dejarán de oír esos insultos. Y él dejará de ser el asesino de la aldea.

—Dios lo oiga. Antes de aquella noche, éramos pobres, pero nadie podía decir que no éramos gente decente. Por eso Héctor se mató. Porque no aguantó la vergüenza de que lo creyeran un mal hombre, un animal que destrozó a esa pobre chiquilla como una bestia en celo.

—Por eso quiero asegurarme de que no se cometió una injusticia tan grave. Todos tenemos derecho a nuestro buen nombre.

—¿Incluso los pobres, sargento?

—Los pobres con mayor motivo. Es lo único que tenemos. Si nos quitan eso, ¿qué nos queda?

Manuela desapareció entre unos sauces que crecían al lado del río. Rogelio y Blum regresaron a la aldea. El sargento daba vueltas en su cabeza a unas palabras de la madre: "como una bestia en celo". Allí había algo que o no recordaba o no figuraba en los atestados. Al día siguiente tenía que revisarlos. Pero, ¿cuántas cosas se escondían en esa aldea? ¿Cuánto más tendría que escarbar? Y lo más importante. ¿Lo dejarían llegar hasta el final? Empezaba a dudarlo.

VIII

Aplastó con rabia la colilla del pitillo en el cenicero de su despacho y se quedó mirando el calendario que colgaba de la pared de enfrente. Allí faltaba algo, desde luego. Nada más y nada menos que el informe de don Ramón, que había actuado como forense. Por esa razón, hasta ahora, él sabía la mitad de lo que, realmente, había pasado junto al molino nueve años atrás. ¿Qué había en esa otra mitad? Recordó las palabras de la madre de Horacio. "Como una bestia en celo". Eso apuntaba a que a Lucía no solo la habían matado a golpes. Es que, además, la habían violado, ¿no? Entonces, se le ocurrió una posibilidad que lo dejó helado. ¿Por qué el médico no le había hablado de la violación? ¿Estaría don Ramón, tan agradable y franco, de parte de Quinteiro? ¿También él había intentado apartarlo, mejor dicho, —puntualizó el sargento —despistarlo para que mirase para otro lado?

Trató de reconstruir su conversación con el médico. Don Ramón había sido el primero en apuntar a Quinteiro. Bueno, la verdad es que no lo había nombrado. Siempre se refería a él como "el verdadero responsable". Muy impreciso pero sugerente. Y también se había referido a "los amigos de ese alguien importante" Una forma de no comprometerse, pero animarlo a ir en esa dirección. Pero, ¿en cuál? ¿En la de los amigos o en la del verdadero responsable?" Él había salido del consultorio con la convicción de que don Ramón era sincero y lo había ayudado. Claro que, la mejor manera de destrozar una investigación es insinuar una serie de detalles que pueden interpretarse de muchas formas. Al final, se forma un ovillo tan enredado que acabas por abandonar.

Otra idea igual de inquietante surgió en ese momento. No podía ignorar la posibilidad de que ese dichoso informe hubiera desaparecido allí, en el cuartel. Ese pensamiento le revolvió el estómago. ¿Estaría Remigio Blanco tan preocupado por su futuro que había consentido en ocultar una prueba tan importante como esa? Y, pensándolo bien, ¿sería esa la única prueba que había desaparecido? No pudo evitar preguntarse por el resto de la dotación y la posible implicación de alguno de ellos en varios delitos, todos ellos muy graves: destrucción de pruebas, impedir el normal funcionamiento de la Justicia, encubrimiento de un asesino, lo que, posteriormente, provocó el suicidio de un inocente y dejó por los suelos el honor que la Guardia Civil había adoptado como lema desde su fundación. A regañadientes, tuvo que admitir que cualquiera hubiera podido subir al archivo y hacer desaparecer el informe. Llegó a la conclusión de que, de ahora en adelante, no podía confiar ni en sus propios hombres.

Lio otro pitillo, pero estaba tan nervioso, que lo rompió sin saber cómo. Con el próximo tuvo más cuidado y el concentrarse en liarlo lo tranquilizó un poco. Siguió haciéndose preguntas para las que no tenía respuesta. ¿Qué podía contener el informe desaparecido que lo hacía tan peligroso? ¿Es que había algo más que la descripción de los golpes en la cabeza y las lesiones en la zona genital de Lucía? Comenzó a escribir todo lo que necesitaba hacer a continuación.

En ese momento, sonó un golpecito en la puerta. —¿Da usted su permiso, mi sargento? —Era Gamarra quien preguntaba.

—Sí. Adelante.

—El señor Quinteiro desea hablar con usted.

—Que pase. —Rogelio dejó la pluma sobre el papel secante y se preparó para parar la embestida del señor de la Casa Grande.

Quinteiro entró en el despacho con el mismo gesto despectivo que parecía haberse instalado en su cara a perpetuidad. —

Exijo que me explique por qué fue usted a mi casa a molestar a mi esposa —afirmó sin molestarse en saludar.

—Siento haber incomodado a la señora. No creo haber dicho o hecho algo ofensivo o molesto —respondió el sargento con calma.

—Pues lo ha hecho. Además, esa visita fue totalmente improcedente. No tenía usted derecho a interrogarla.

—¿Su mujer le ha dicho que yo la he interrogado? —preguntó Rogelio con tono inocente.

—Sí. Y debo añadir que pienso presentar una queja ante sus superiores por haberse presentado en mi propiedad sin un buen motivo.

—Es usted muy libre de hacer lo que le parezca.

—¿Cree que no lo haré?

—He oído hablar de usted y sé que seguramente lo hará. Pero, antes, permita que le aclare algo. No necesito su permiso para ir a su casa y hacer las preguntas que crea convenientes para aclarar un crimen…

—Que ya está resuelto.

—Yo estoy convencido de lo contrario —afirmó el sargento con una seguridad que no sentía. Pero la actitud despectiva de Quinteiro lo sacaba de sus casillas y lo empujaba a seguir las indicaciones de la vocecita interior que le aconsejaba olvidarse de la cautela, de sus superiores y de su futuro.

—Lo que está usted es loco. Eso es lo que es usted. Un pobre loco, obsesionado por un asesinato que ya nadie recuerda.

—Tenga cuidado. Eso que acaba de decir está tipificado en el Código Penal. Se llama desacato a la autoridad. Y es un delito bastante serio del que tendrá que responder si insiste en amenazarme o intentar dirigir este cuartel.

Quinteiro lo miró, extrañado. Estaba tan habituado a dar órdenes y, lo que es peor, a ser obedecido ciegamente, que aquel joven serio y tranquilo que lo miraba a los ojos y parecía leer en ellos, lo estaba empezando a descolocar. Rogelio aprovechó el asombro de Quinteiro para añadir.

—¿Qué ya nadie recuerda? —Rogelio repitió las palabras del dueño de la Casa Grande —Excepto la familia de Lucía. ¿Cree realmente que esos padres podrán olvidar lo que le hicieron a su hija? ¿Es que usted podría hacerlo si esa cabeza destrozada a golpes fuera la de alguien a quien usted quisiera de verdad? ¿Ignora usted, acaso, el resto de las lesiones que presentaba el cadáver? ¿Heridas que demuestran que fue violada brutalmente? —mientras hablaba, el sargento observaba las reacciones de Quinteiro y, esta última frase lo cogió por sorpresa y no pudo disimularlo. Rogelio siguió amontonando razones. —¿Lo que tuvo que sufrir esa chica antes de morir? ¿El pánico que sintió cuando comprendió que no tenía escapatoria porque, si algún error había cometido, su asesino no iba a perdonarla ni a sentir piedad por ella? ¿Es que todo eso puede llegar a olvidarse?

Quinteiro no respondió. Sin darse cuenta de lo que hacía, se llevó la mano a la cadena del reloj que cruzaba el chaleco y acarició algo que Rogelio identificó como un anillo de plata que imitaba una cuerda trenzada con un nudo marinero. Era para un dedo pequeño. Un dedo de mujer. Durante casi un minuto, ninguno de ellos pronunció una sola palabra. El sargento esperó, dejando que las ideas penetraran, se infiltraran en el cerebro de Quinteiro. Finalmente, este sacudió la cabeza, espantando ¿recuerdos?, se preguntó Rogelio que no había dejado de observarlo. El dueño de la Casa Grande se levantó bruscamente. Estaba pálido y la voz no era tan firme como solía. —Deje en paz a mi mujer o aténgase a las consecuencias. —Hizo una pausa breve antes de responder—. ¡Ah! Ya que quiere saber si tengo coartada para la noche del asesinato, estaba en Coruña por negocios.

Rogelio no perdió la ocasión de preguntar. —¿Y su mujer? ¿Estaba con usted?

Quinteiro no se dignó responder. Salió dando un portazo. El sargento se apresuró a anotar algo en su libretita. *Sorpresa de Quinteiro al oír que había más lesiones. ¿Quién pudo haberlas hecho? Él parece que no. Comprobar coartada.* Después siguió rompiéndose la cabeza con el tema del desaparecido informe médico. Claro que ahora, a la cola de las preguntas que esperaban una respuesta, había otra más. ¿Qué ocultaba Quinteiro? ¿Remordimientos por haber cometido un crimen o dolor por un amor perdido?

IX

Rogelio, Celsa y Santos estaban tomándose un cafecito para redondear la cena. Fue una costumbre que se instaló entre ellos casi sin darse cuenta y que no pensaban romper. A los tres les gustaba charlar unos minutos antes de separarse. El sargento regresaba al cuartel y los dueños cerraban la casa de comidas y subían al piso superior donde tenían la vivienda. Esa noche, Rogelio sacó a la conversación el convento de las clarisas y a su capellán. Según don Satiro, Rosalía Briones frecuentaba la capilla del convento, pero no iba a aparecer por allí haciendo preguntas sobre una parroquiana tan ilustre. Mejor buscarse una buena razón para enterarse de lo que le interesaba.

—El capellán de las monjas, don Julián, es muy mayor, vive en una casa propiedad del convento y, a veces, sustituye a don Satiro en la parroquia. Él viaja mucho a Santiago y necesita que alguien se haga cargo de las misas y todo eso —explicó Celsa.

"Va a Santiago a solicitar el traslado, seguro", pensó Rogelio. Santos también aportó su granito de arena. —A don Julián le gusta mucho la pesca. Yo coincido muchas veces con él. Vamos a la misma zona del río y, a veces, volvemos juntos.

—Pues debería cuidarse —dijo Rogelio, sentencioso. — Estar a la intemperie no creo que le vaya bien a una persona mayor.

—Pues su otra gran afición también lo obliga a andar al aire libre —añadió Celsa. —A don Julián, le encanta el dibujo y la pintura. Cuando el tiempo lo permite, sale a dibujar cualquier rincón de la zona. Creo que lo hace muy bien.

Rogelio tuvo que contener su alegría. ¡Ya tenía un motivo para entrar en la vida del sacerdote sin llamar la atención! Un encuentro casual y después una conversación inocente que los llevara hasta donde él quería llegar. Ahora necesitaba redondear el plan. —Caramba, ¡qué tarde es! Perdón por entretenerlos hasta estas horas.

El matrimonio miró el reloj que presidía el comedor. No era tan tarde. Pero el sargento parecía tener prisa y no se quedó a tomar una segunda tacita. Pagó la cena y salió, disculpándose, acompañado por Blum que estaba la mar de a gusto al lado de la chimenea de la casa de comidas y de buena gana se hubiera quedado otro ratito. Tras un encogimiento de hombros, el matrimonio cerró el negocio y ellos sí que se tomaron esa segunda tacita de café.

Juanita, la loca de la aldea, alta y flaca, estaba sentada en un banco de piedra de la placita, frente a la iglesia parroquial, hablando sola, como siempre y, como siempre, llevaba el pelo casi rapado, iba descalza y se tapaba con un abrigo raído que le quedaba corto. A su lado dos gatos —de los cuatro o cinco que ella cuidaba —que no dudaron en largarse con viento fresco en cuanto vieron a Blum. Rogelio se sentó a su lado. Le daba pena esa pobre mujer, que no huía de la gente, pero que parecía más contenta durmiendo a la intemperie, en su mundo, con sus gatos y sus conversaciones con seres que solo ella podía ver. A ver si la convencía para que pasase la noche con las monjas.

—Buenas noches, Juanita. No la molesto, ¿verdad?

Juanita lo miró. Vio el uniforme e hizo un gesto de fastidio.

—Tú fuiste el que no me hizo caso cuando quise contarte lo que vi. Ahora no quiero hablar.

—Ese sería otro. Yo le hago caso a todo el mundo —aseguró Rogelio.

—Pues vas vestido como él —la mujer no aflojaba.

—Porque también soy guardia civil. Pero no soy el mismo.

—Juanita miró para otro lado. —¿Prefieres que me vaya? —La

mujer no respondió. Rogelio se levantó—. Está bien. Ya me voy.

La pregunta de Juanita lo sorprendió. —¿Tiene un pitillo?

—Sí.

Lio un par de ellos, y los dos comenzaron a fumar en silencio. De pronto la mujer se decidió a hablar con aquel joven tan amable que no se parecía en nada al otro, mucho mayor y que la había despedido con un, "no me molestes"

—Me gusta ver a santa Comba. Desde que supe que era santa, hablo bastante con ella.

—¿Y de qué habláis?

—De lo que vi aquella noche. Ella no quiere que lo cuente porque es un secreto. Dice que no me van a creer.

—Puedes contarme lo que viste. Yo si te creeré. —Rogelio esperaba alguna historia disparatada, pero no lo que oyó a continuación.

—Vi a santa Comba saliendo de la ermita de la Casa Grande la noche que mataron a aquella chiquilla —dio una calada y la disfrutó en silencio. Rogelio estaba sobre ascuas, pero no quería atosigar a la mujer. Le lio otro pitillo para animarla a hablar. Juanita sonrió ante la perspectiva de seguir fumando y soltó algo más de información.

—No sabía que era santa hasta aquella noche. Ahora, cuando me ve, siempre me da dinero; dice que es para comer, pero yo prefiero fumar. Me gusta mucho.

"¿Una santa que le da dinero?" pensó Rogelio. "¡Qué santa más rara!". —¿Y cómo la reconociste? Era de noche, ¿no?

—Había luna y por la capa —Juanita parecía escandalizada de que el sargento no supiera una cosa tan obvia. —Nadie tiene una así en la aldea. Con bordados hasta los pies. Y llevaba algo en la mano. —Juanita puso cara de susto al darse cuenta de que acababa de desvelar un secreto. —Cuando la veas no le digas que sabes que es santa. Siempre me dice que, si cuento algo de lo que vi aquella noche, vendrán los demonios a llevarme.

—No te preocupes. Santa Comba no va a enterar de nada.

La mujer se levantó, inquieta, buscando a sus gatos

—¿Dónde vas a dormir? —se preocupó el sargento.

—Por ahí.

—Esta noche hace frío. ¿No estarías mejor con las monjas?

La mención de las religiosas que, durante el invierno, permitían a los mendigos dormir en el zaguán del convento, hizo que Juanita se pusiera fuera de sí.

—Allí sí que me matarían. Son unas brujas. No quieren que fume porque dicen que es pecado. ¡Brujas! Y tú ¡fuera! ¡Vete! —comenzó a murmurar, cada vez más inquieta, mirando por encima del hombro del sargento.

—¿Quién quieres que se vaya? —Rogelio se volvió siguiendo la mirada de la mujer, pero no vio más que las sombras que se formaban gracias a la luz mortecina de las pocas farolas que había en la plaza.

—Ese demonio. Nos estaba mirando.

—No te preocupes. Nadie nos miraba.

—Tengo que esconderme antes de que me encuentren.

Rogelio le dio el paquete de picadura, unos cuantos papeles de liar y una caja de cerillas. La mujer le arrebató los regalos de la mano. —Llévate a tu perro. Espanta a mis gatos y ellos me protegen de los demonios. ¡Vete de aquí!

El teniente se alejó agarrando a Blum por el collar. —Vamos, muchacho. Es muy tarde y mañana hay que madrugar.

Los dos humanos se alejaron en direcciones opuestas, seguidos por un perro y dos gatos respectivamente. Un tercer humano presenció la escena y, cuando estuvo seguro de que nadie podía verlo, salió de entre las sombras y se alejó a informar de una reunión tan extraña. En la Casa Grande se le dieron instrucciones y una cantidad de dinero a la que se sumaría otra mayor si el encargo se cumplía sin problemas.

Tan pronto llegó a su habitación, Rogelio comenzó a preparar lo necesario para la visita que pensaba hacer al día siguiente, domingo. Después, anotó en su libretita varias cosas que le habían sorprendido, aunque todavía no sabía dónde encajarían en la fotografía que empezaba a perfilarse ante sus ojos.

* * *

—¡Qué bien dibuja usted! —exclamó una voz cascada seguida de unas toses cavernosas. Quien hablaba, miraba atentamente por encima de su hombro, el boceto que Rogelio estaba haciendo del palomar del convento. Gracias a las toses, Rogelio identificó a un fumador de toda la vida y, cuando el dueño de la voz, se plantó ante sus ojos, comprobó que el anzuelo que había preparado estaba funcionando. Ante él estaba don Julián, el capellán de las clarisas, bajito, bastante consumido y ojos muy azules tras una gafas de cristales gruesos. Llevaba una chaqueta de punto negra sobre la sotana y una bufanda que le daba dos vueltas al cuello. No había podido resistirse a echar un vistazo a lo que aquel joven dibujaba. Un dedo arrugado señaló algo que llamó su atención—. ¿Porqué, en vez de la iglesia, que es preciosa, se ha fijado usted en el palomar?

—Porque hay mucha vida dentro de él. Y las palomas entrando y saliendo, ocupándose de sus asuntos, me recuerdan un pueblo solo que, aquí, los habitantes tienen plumas en vez de ropa.

La risa de don Julián era tan cavernosa como sus toses. Rogelio decidió invitarlo a fumar para comenzar la conversación. El sacerdote, que era muy sociable y le encantaba hablar de algo más que de misas, novenas y mártires, aceptó encantado, se sentaron en un banco de piedra, frente a la entrada principal del convento y dieron las primeras caladas, las que mejor saben.

—Perdone, joven, usted no es de aquí, ¿verdad? —los ojos fruncidos de don Julián intentaban identificar a Rogelio.

—No, no. Soy el sargento Rogelio Soto. Llegué hace unos días por eso todavía no nos habíamos visto.

—Encantado. Yo soy el capellán de las monjas, Julián Campelo. —Le dio un apretón de manos que dejó a Rogelio asombrado de la fuerza que tenía un hombre tan enteco—. Así que tenemos a un guardia civil y, encima, artista.

—¡Ojalá! Dibujante y gracias. Me han comentado que usted sí que es un buen pintor.

Don Julián sonrió, complacido por el cumplido. —¿Le gustaría ver alguno de mis cuadros? —ofreció, deseoso de que sargento aceptara.

—Si es usted tan amable. —Rogelio decidió halagarle un poco—. Así podré aprender, que buena falta me hace.

—Yo vivo ahí al lado. Venga conmigo. ¿Ese perro es suyo?

— Sí, pero me esperará fuera, ¿verdad, Blum?

La casa del capellán estaba frente al convento. Era pequeña, estaba limpísima y llena de pañitos almidonados. —Cosas de las monjas— explicó don Julián con tono de disculpa ante tanto adornito. —Mujeres, al fin y al cabo. —Sacó unas copitas, una botella de aguardiente tostada y se pasaron un buen rato viendo los cuadros y los bocetos que don Julián tenía en su despacho. Rogelio los alabó mucho y se quedó mirando uno de ellos. Don Julián vino en su ayuda, por si no podía identificar lo que estaba viendo. —Es el pazo, el que todos llaman la Casa Grande.

—Ya he estado allí.

—Es una mansión muy bonita. La señora Quinteiro es una de mis feligresas y viene a confesarse y a misa todas las semanas. ¿La conoce usted?

—Poco, la verdad —respondió Rogelio, recordando el encuentro con Rosalía. —También he hablado con su marido.

—Tiene fama de ser un hombre muy soberbio. Yo no habré cruzado con él ni veinte palabras en estos años, pero, cuando lo hice, no me pareció una persona de trato fácil.

Rogelio intentó coger al cura por sorpresa. —¿Y la señora?

—Es una mujer fuerte que arrastra un gran peso. —El sargento lo miró, sopesando qué significaban aquellas palabras.

Don Julián se arrepintió inmediatamente de lo que acababa de decir, pero ya era un poco tarde. Trató de llevar la atención del sargento por otros derroteros. —¿Le apetece otra copita?

—No, gracias, es usted muy amable. Pero tengo trabajo en el despacho y me gustaría dejarlo listo esta noche. Además, parece que va a llover y no vengo preparado. He dejado el capote en el cuartel.

El cura lo acompañó hasta la puerta, comentando que, por esa zona, las borrascas caían como venidas del cielo, sin avisar. "Tal cual las plagas bíblicas" añadió en un alarde de humor que le costó un ataque de tos. Rogelio no oyó los ladridos con los que Blum solía recibirlo. Miró, extrañado, la plazoleta frente al convento. Estaba vacía excepto por unas cuantas ancianas que siempre asistían al rosario.

—¿Pasa algo? —preguntó don Julián, alarmado al ver el gesto de Rogelio.

—¿Dónde se habrá metido mi perro? Siempre me espera sin moverse.

—Ya sabe cómo son los animales. Habrá pasado por aquí una hembra y la habrá seguido.

—Puede ser. Ahora, si me disculpa.

Se dieron la mano y Rogelio salió apresuradamente hacia la capilla a preguntar a las ancianas si habían visto a su perro. No, estaban totalmente seguras. Cuando ellas llegaron no había ningún perro.

—¿Alguien llevando un pastor alemán? —insistió él.

El sargento regresó al cuartel cada vez más preocupado y nervioso. Don Julián lo vio alejarse y volvió a entrar en la casa convencido de que tampoco era tan extraño que un animal echase una cana al aire. También lo hacían los humanos —él lo sabía bien gracias a las confesiones que oía a diario —"y eso que tenemos raciocinio" concluyó.

Ajeno a las divagaciones teológicas del cura, Rogelio buscó a Blum por toda la aldea sin encontrarlo. En el cuartel tampoco estaba. En esto empezó a llover. Se puso la capa y recorrió parte del camino por el que habían llegado a Ferradás. Preguntó a la gente con la que se cruzó. Nada. Después puso rumbo al molino, lo llamó, silbó de esa manera que Blum conocía tan bien. Nada. Se metió en el bosque cercano a la Casa Grande sin resultados. Preguntó a Celsa y Santos si lo habían visto. Nada. A Blum parecía habérselo tragado la tierra. Rogelio estaba seguro de que al perro se lo habían llevado como un aviso para su dueño, uno más. La pregunta era, ¿se lo devolverían vivo o se limitarían a tirar su cuerpo en cualquier sitio, eso sí, donde pudiera encontrarlo y recibir el mensaje?

Cenó poco, no se quedó a tomar el café con el matrimonio y dio varias vueltas a la aldea bajo la lluvia, por si Blum andaba, como le habían dicho para animarlo, buscando compañía femenina. Oyó muchos perros, pero ninguno era Blum. Al final, se dio por vencido y regresó a su habitación en el cuartel. Estaba cansado, pero comprendió que no iba a dormirse tan fácilmente como otras noches. Cogió el estuche donde guardaba lo necesario para limpiar el arma y dedicó más tiempo del habitual a cepillar y engrasar las piezas y volverlas a montar. Como seguía sin tener sueño, limpió los botones de la guerrera, uno a uno, siguiendo los relieves, dejándolos brillantes, impolutos. Después fue el turno de las botas y las espuelas. Cuando ya no tuvo nada más que limpiar, bajó a las cuadras y comprobó que su caballo estaba en perfecto estado. ¿Pero, cómo estaría Blum? Habló un rato con Serrano, que estaba de guardia, pero pensar que aquel hombre que tenía frente a él podía estar ayudando a Quinteiro a burlar a la Justicia lo inquietó más de lo que ya estaba. Por fin, tuvo que aceptar que se caía de puro agotamiento. Durmió un sueño inquieto que lo dejó más cansado de lo que ya estaba antes de acostarse.

A punto de bajar a su despacho, una llamada a la puerta, lo sobresaltó. Abrió y vio al cabo Fiuza que, tricornio en mano, lo saludó. Parecía nervioso.

—Mi sargento, nos han informado de que hay un perro colgado de un árbol frente al convento de las clarisas.

—¿Es Blum?

—Es de la misma raza.

—¿Vivo o muerto?

—Me temo que muerto, señor. Lo han ahorcado.

—Venga conmigo

Rogelio cogió el tricornio y la capa y salió de su cuarto aprisa, aprisa bajó las escaleras y aprisa se dirigió, seguido del cabo, al convento, al mismo sitio donde Blum había desaparecido. ¿Era un mensaje? ¿Habían matado a Blum porque él había estado hablando con don Julián? Caminaron a paso de carga hasta llegar al lugar donde estaba el perro ahorcado. Rogelio tuvo que hacer un esfuerzo para acercarse, pero no quería que fuera Fiuza quien cortara la cuerda y descolgara el cuerpo. Eso era algo que debía hacer él. Se lo debía. Blum era su compañero y por su culpa lo habían matado. Él lo había traído a aquel lugar donde las amenazas no eran meras palabras. Blum era quien lo alertaba cuando olía el peligro, el que lo miraba con ojos tristones cuando quería que le diera un achuchón y el que, cuando él lo llamaba, se hacía el remolón porque quería seguir olfateando algo desconocido o jugando con otros perros. Se fijó que había un papel atado al cuello del animal. Se acercó procurando no mirar el cuerpo, esperando que no fuera Blum, y lo leyó. "EL PRÓXIMO SERÁ EL TUYO" El corazón pareció quedarse suspendido en el vacío durante unos segundos. Después retomó su ritmo habitual. Rogelio respiró como si quisiera todo el aire del mundo para él. No era su perro sino otro ejemplar, ya viejo y desdentado. Lo descolgaron y metieron el cuerpo en un hueco que formaban las raíces de un árbol más que centenario. El sargento lo acarició antes de taparlo con piedras y unas hojas. Guardó el cartel y fue entonces cuando oyeron los ladridos de Blum que se acercó corriendo como un loco.

—Cabo, a ver si encuentra a quien ha traído a Blum hasta aquí.

—A sus órdenes.

Fiuza se perdió entre los árboles. Rogelio buscó atentamente sangre, alguna herida —con este abrigo que llevas, muchacho, esto es una misión imposible —o una cojera. Pero Blum parecía estar bien. Eso sí, empeñado en lavar la cara del sargento a lametazos.

—Yo también me alegro de verte, chico. ¿Sabías que muchos pensaban que te habías dado a mala vida? ¡Que lengua tienen algunos!

Fiuza apareció en ese momento. Se apoyo en las rodillas para recuperar el aliento tras la carrera entre los árboles —Lo siento, sargento. Solo vi a un chiquillo que se escapó corriendo. ¡Y cómo corría el condenado! Perdón, señor, ¿le han hecho daño al perro?

—No. Parece que está bien.

—Señor, ¿puedo hacerle una pregunta?

—Adelante.

—¿Sigue decidido a continuar investigando?

—Más que nunca —fue la respuesta—. Y ahora, volvamos al cuartel.

Los tres regresaron con más calma que cuando habían salido hacia el bosque. Rogelio, aliviado, acariciando la cabeza de Blum y pensando en cuál sería el paso siguiente a dar. Blum feliz de volver a estar con el sargento y Fiuza con una sonrisa en los labios. Compartía totalmente la decisión de su superior. ¡Si era peligroso buscar, qué se le iba a hacer! Ahora todos tendrían que pagar por el silencio del difunto sargento. Pero, ya era hora de acabar con tanta servidumbre y de mirar para otro lado.

X

—No nos queda. Hasta dentro de unos días. —Sira Taboada miraba a Rogelio con cara de compromiso. No le gustaba mentir, pero tenía que hacerlo.

—¡Qué pena! ¡Pues a ver dónde encuentro yo ahora tabaco! —el sargento hizo un gesto de impotencia. —Parece que se ha acabado en todas partes. Bueno, tendré que alargar el que me queda hasta que llegue el pedido. —Abrió la puerta y desde allí preguntó, un toque de ansiedad común a los fumadores compulsivos en la voz—. ¿Sabe si va a tardar mucho en recibir el pedido?

Sira lo miró y le hizo una seña para que cerrara la puerta y se acercara. —Sargento, No quiero que se vaya así. Hay tabaco de sobra en la aldea. Pero nadie quiere vendérselo.

La cara de Rogelio era un poema. —Para contribuir a que así me harte y comprenda que nadie me quiere aquí, claro.

Sira afirmó con la cabeza. No pasaba nadie frente a su tienda en aquel momento. Aprovechó la oportunidad y puso sobre el mostrador un par de paquetes de picadura, dos libritos de papel y una caja de cerillas. El sargento lo guardó todo, pagó y después, con la curiosidad recomiéndolo, preguntó. —¿La orden vino de allí arriba? —su dedo señalaba el pazo.

—Sí.

—Y por qué la desobedece?

—Mi marido trabaja para la Casa Grande, como la mayoría de la gente de aquí. No quiero que se quede sin trabajo, pero Lucía y Horacio merecen que se sepa qué pasó de verdad. Aunque ya estén muertos. —Un ruido los sobresaltó. El maullido que vino a continuación los tranquilizó. Un gato rubio salió del interior de la vivienda, se instaló sobre un saco, en una esquina de la tienda, y comenzó a lamerse las patas. Sira continuó hablando—. Y usted es el único que se atreve a meter las manos en ese crimen. Venga usted a comprar lo que necesite. Pero venga temprano, como hoy. No me gustaría que a mi marido lo pusieran en la calle. Tenemos tres hijos, ¿me comprende?

* * *

—Teniente. Acaba de llegar esto del cuartel de Lalín. —Gago, un guardia en prácticas, le entregó un sobre.

Rogelio pasó a su despacho y leyó el mensaje en el que lo citaban para una entrevista con el brigada al mando del puesto. "Quinteiro ya está moviendo los hilos. Seguro que van a trasladarme. ¡Qué pena! Horacio seguirá siendo el asesino. ¡Pobre madre! Yo me quedaré sin saber quién mató realmente a esa pobre chiquilla y el auténtico criminal saldrá impune"

Cuando partió de Ferradás era aun de noche y caía un orballo bastante molesto. El cabo Fiuza lo estaba esperando. Su caballo y el del sargento aguardaban a sus espaldas.

—Buenos días, cabo. ¿No es un poco pronto para salir a patrullar?

—Buenos días, señor. Si me lo permite, me gustaría acompañarlo hasta la salida de la aldea.

Rogelio lo miró, con una sonrisa triste en los labios. —¿Alguna amenaza?

—No, señor. Pero más vale prevenir.

—De acuerdo. Vamos entonces.

Atravesaron la aldea en silencio. Hasta Blum que, en otras ocasiones, hubiera ladrado de pura alegría ante la perspectiva del viaje, iba callado, rumiando las cosas que piensan los perros. No eran los únicos que ya estaban despiertos. Las cocinas de las casas estaban en su mayoría encendidas y de los establos salían los mugidos de las vacas recién ordeñadas. Se cruzaron con dos lecheras y varios hombres que iban en dirección a la tejería. Ellas los saludaron. Ellos bajaron las cabezas y pasaron como si no hubieran oído el saludo de los guardias civiles que se miraron sin hacer comentarios. En casos como ese, una mirada bastaba. Cuando llegaron a las ruinas de la iglesia, se despidieron.

—Si no hay novedades de los jefes y no tengo algún encuentro en el camino, llegaré esta tarde.

—Que todo salga bien, mi sargento.

—Gracias, Fiuza. Y gracias.

El cabo no contestó. La frase era un poco rara, pero él la había comprendido. Se llevó la mano al tricornio y todavía se quedó unos minutos. Hasta que las tres figuras se perdieron en una revuelta del camino. Empezaba a amanecer, aunque el orballo no parecía tener ganas de dejar su sitio al sol. Fiuza regresó lentamente a la aldea. Los gallos de la aldea empezaban a dejarse oír, cantando despreocupados. "Felices ellos que pueden" pensó el cabo.

* * *

El brigada Molinero escuchó atentamente el informe de Rogelio sobre sus actividades en Ferradás. Y tomó notas. Muchas. Llevaba años en la zona y sabía de las cacicadas de Quinteiro. Y tampoco ignoraba que era hombre de muchas influencias y pocos escrúpulos con el que había que andarse con mucho cuidado. Y así se lo hizo saber al sargento. Rogelio miró a su superior sin saber muy bien cómo interpretar sus palabras. ¿Advertencia o amenaza? Por ahora, el brigada no había nombrado la palabra traslado, claro que la conversación todavía no había terminado. Rogelio tuvo que admitir que, desde que saliera de Santiago, había aprendido a sospechar de todo el mundo y eso era agotador. Por otro lado, ¿habría sido demasiado sincero a la hora de informar a Molinero? Decidió preguntar directamente y si salía mal, paciencia.

73

—¿Debo abandonar la investigación, señor?

—A tenor de lo que me ha contado, tiene usted sospechas muy bien fundadas. Lo malo es que necesita pruebas más convincentes. Y si la aldea se cierra en banda, mal veo este caso.

—Perdone que insista, señor. ¿Debo abandonar?

El brigada lo miró y movió la cabeza. —Eso nunca, sargento. La Guardia Civil no abandona jamás una investigación si sospecha que ha habido juego sucio. Y todo esto que acaba de contarme, apesta. Nosotros somos guardias civiles, ergo... Rogelio acabó la frase por él. —Seguiré indagando.

—Y nosotros le echaremos una mano. Tan pronto tengamos alguna respuesta para estas preguntas —movió en el aire el papel donde había anotado lo que Rogelio necesitaba—, se lo haré sabe. Y, por cierto, no baje usted la guardia. Hasta ahora han sido solo advertencias. Su perro, los carteles. Ahora que está tan cerca, puede que suban la apuesta. Mucho cuidado.

—Lo tendré, señor.

* * *

El viaje de vuelta lo hicieron sin sobresaltos y llegaron a Ferradás a primera hora de la tarde. Rogelio se acercó a la casa del médico. Tenía que saber, de una vez por todas, qué decía el informe de la autopsia.

—Don Ramón está atendiendo un parto. Dios sabe cuándo volverá —fue lo que le explicó Brígida, el ama de llaves del médico.

—Gracias.

Camino del cuartel, se pasó por la casa de comidas. Necesitaba un café y allí lo hacían muy bien. El que Celsa le puso delante olía de maravilla. Rogelio puso cara de satisfacción. Celsa sonrió y explicó: —Torrefacto, como se hacía en casa de mi madre. Ya verá, ya. Y como aún queda un buen rato antes de la cena, pruebe estas cañas de membrillo.

—Ya sabe que yo no soy muy de dulce —explicó Rogelio.

—Coma una por lo menos, sargento —terció Santos— o no lo dejará en paz. Se lo digo yo que la conozco.

De pronto, se produjo un fenómeno muy curioso. Era jueves, día de mercado, y la aldea estaba muy animada. Celsa tenía fama de buena cocinera y la casa de comidas estaba llena de gente que venía de aldeas de los alrededores y de vecinos de Ferradás que aprovechaban las ventas del día para darse el lujo de tomar un buen café y comer algo sabroso. Estos últimos se fueron callando, expectantes, mientras los visitantes seguían hablando con toda naturalidad. Hasta que alguien notó que el ruido había descendido de forma extraña y también la gente que había venido de fuera se fue callando. Intrigados, todos los ojos se volvieron hacia la entrada. Alfredo Quinteiro y un hombre cincuentón, apoyado en un bastón y de gesto avinagrado acababan de entrar y miraban la espalda del sargento que no compartía el interés general por esas personas.

—Todavía por aquí, sargento —preguntó Quinteiro con retintín acercándose a la barra.

Rogelio se volvió. —Efectivamente.

Santos les sirvió café. Quinteiro hizo las presentaciones. —Mi abogado, Justo Piay. Este es el sargento Soto, que pronto nos dejará.

El abogado tendió una mano que Rogelio estrechó sin demasiado entusiasmo. —¿Y a dónde lo trasladan, sargento?

—Por ahora, a ninguna parte.

Quinteiro bebió el café, con calma, dejó la taza vacía en el platillo y explicó. —Yo no hablé de traslados.

El abogado, nervioso, acabó su café y Quinteiro hizo un gesto a Santos. —Cóbrame también el del sargento.

—Al sargento lo invita la casa —dijo Celsa, con toda naturalidad. Santos buscó en el cajón el cambio y dio la vuelta a Quinteiro que, con muy mal gesto, miró al matrimonio. No se oía el vuelo de una mosca. Todos habían oído e interpretado correctamente la amenaza y el abogado prefirió que la escena no se alargara. Conocía a su cliente y sabía que era muy capaz de volver a meter la pata. Y no les convenía que todos vieran que la fachada de hombre impasible de Quinteiro no era más que eso, fachada. Detrás había un hombre colérico, vengativo, capaz de dejarse llevar por su mal genio y su soberbia. "No nos conviene" repitió para sus adentros. Cogió por el brazo a su cliente y ambos salieron de la casa de comidas en dirección al pazo.

XI

Los llantos de las dos mujeres llegaron hasta el despacho de Rogelio. Este salió inmediatamente y se encontró a Celsa y a una de sus cuñadas, ambas hechas un mar de lágrimas.

—¡Qué horror! ¡En mi vida había visto nada igual! —Celsa se persignaba con cada exclamación. Su cuñada estaba muy pálida y se tapaba la boca. Parecía a punto de vomitar. Rogelio las acompañó a su despacho después de ordenar que alguien trajera unas tilas de la taberna que estaba frente al cuartel. Cuando las mujeres se tranquilizaron un poco, Rogelio intentó enterarse de qué las había puesto tan nerviosas. El cabo Fiuza tomaba notas del interrogatorio que fue, más que breve, brevísimo.

—Está muerta y cubierta por mordeduras de animales. Uno sabe que esas cosas pasan, pero verlo…

—Pobre mujer —se lamentó Celsa. —No se metía con nadie, ella era feliz con sus gatos y, ¡qué forma de acabar! Comida por los animales.

Rogelio tuvo un mal presentimiento. —¿De quién estamos hablando?

La respuesta de Celsa confirmó sus temores. —De Juanita. Esa pobre mujer…

—Ya me doy cuenta de quién era, ya. ¿Y dónde está el cuerpo?

—En un pajar, cerca del taller de Bermejo, el *zoqueiro*.

El sargento no perdió ni un instante. —Fiuza, salimos para allá. Escoja dos hombres que vayan preparados, ya me entiende. Por si el culpable anduviera por la zona —añadió Rogelio en voz baja.

—A sus órdenes, señor.

—¿Tenemos que ir nosotras también? —La cuñada de Celsa estaba espeluznada ante la perspectiva de volver a enfrentarse con la visión del cadáver.

Rogelio las tranquilizó. —No, no se preocupen. Ahora nos toca a nosotros. Ya pueden volver a sus casas. Alguien las acompañará.

Rogelio las acompañó hasta la puerta del cuartel y las despidió con las frases más amables que le vinieron a la cabeza.

—Échense un rato. Les vendrá bien descansar.

El sargento, el cabo y dos de sus hombres pusieron rumbo al pajar.

Las mujeres no habían exagerado. Ver el cadáver de Juanita era todo menos agradable. Don Ramón llegó con su maletín y afirmó con mucho acierto.

—¡Vaya temporada que llevamos! Desde que murieron esos chiquillos, ya me ha tocado hacer de forense no recuerdo cuántas veces. Cabezas machacadas, peleas entre las familias, los siete cadáveres del otro día y hoy esto.

Se arrodilló al lado del cuerpo y tocó un brazo. —Ya no hay rigor mortis. Lleva muerta unos tres días, por lo menos. Y los animales, fueran los fueran, se han dado un buen festín —añadió señalando las diferentes mordeduras en brazos, piernas, la cara—. Y este trabajito lo han hecho los cuervos. Son los primeros en llegar y, como se puede ver, les encantan los ojos —señaló las cuencas de los ojos, ensangrentadas y vacías.

—Hay mordeduras de diferentes animales, ¿no?

—Desde luego. La sangre es como un imán y nadie quiere perder la ocasión de tomar un bocado. —Don Ramón se disculpó—. Perdón, no quise hacer un chiste, pero es que nunca había visto algo así.

Rogelio tenía más preguntas en la recámara. —¿Es posible que la pobre se muriera, no sé, de frío, y que los animales vinieran cuando el cuerpo empezó a descomponerse?

—Es posible, desde luego. Juanita era ya mayor y vivir a la intemperie no es precisamente muy sano. Pero vamos a asegurarnos. Ayúdeme a darle la vuelta al cuerpo. Entre los dos movieron el cadáver. El médico fue el primero en hablar.

—Me parece que la causa de la muerte no fue precisamente natural. Fíjese, sargento.

Del costado izquierdo de Juanita sobresalía el mango de un cuchillo pequeño. Y había tres o cuatro heridas más en la zona.

—¿Puede quitárselo, por favor?

—Claro. Agarren el cuerpo.

Los dos guardias se adelantaron y ayudaron al médico.

—¡Pues sí que lo han clavado con fuerza! Bueno, aquí lo tiene.

—¡Que forma más extraña! —exclamó Rogelio—. Parece una daga oriental.

—Perdón, mi sargento, Es un revocador. Lo usan los *zoqueiros* —apuntó Fiuza—. Cuando el zueco ya está hecho, ese cuchillo sirve para alisar la madera

Todos se volvieron hacia el taller de Bermejo, muy cerca del pajar donde yacía Juanita.

—Vamos a ver si ese hombre se ha dado cuenta de que le falta un cuchillo —Rogelio se puso en pie—. Cabo, venga conmigo y vosotros, pedid a un vecino que os preste una sábana y tapad el cuerpo. No podemos permitir que esa pobre mujer esté así, con toda la aldea curioseando hasta que llegue el juez y autorice el levantamiento del cuerpo.

Bermejo, sesenta y tantos años, gordo, mal afeitado, con lentes gruesos y las manos llenas de callos y cicatrices de cortes —recuerdos de tantos años en el oficio—, los miró asombrado cuando los vio entrar. Y más asombrado se quedó cuando le pidieron que comprobara si le faltaba alguna herramienta. No le hizo falta comprobarlo Pues sí que le faltaba un revocador. La funda para la cuchilla estaba allí, pero el cuchillo había desaparecido. ¿Había entrado alguien en el taller, pongamos, tres días atrás? El *zoqueiro* hizo memoria. Una mañana sí que se había encontrado la puerta abierta, pero no era la primera vez que eso sucedía. Es que, a medida que pasaban los años, se volvía más despistado y, a veces, era él quien olvidaba cerrarla. —Además es fácil entrar. Miren. —Cerró la puerta y bajó la tarabilla que quedó en su sitio, aunque algo floja —Ahora, intenten entrar. Hasta un niño podría hacerlo.

Fiuza salió, cortó una ramita de un arbusto de boj que crecía silvestre en la huerta de Bermejo e hizo la prueba. Efectivamente, la tarabilla se levantó, dejando la puerta abierta.

—¿Pasó algo extraño estos días?

Bermejo miró al sargento por encima de los lentes. —¿Extraño?

Rogelio especificó un poco más. —Si apareció la puerta abierta una mañana, vio a alguien desconocido. Algo que no fuera normal.

El zoqueiro se quitó las gafas, las limpió y volvió a ponérselas. —Le diré, sargento. Soy diabético y cada vez veo peor. De cerca, me voy arreglando, pero de lejos ni le cuento. Veo bultos y gracias. Y, ahora que lo pienso, sí que una de estas mañanas, cuando llegué, vi que la puerta estaba abierta y me pareció que las herramientas estaban cambiadas de sitio. Yo siempre las coloco en el mismo orden. Como veo tan mal, me facilita el trabajo. Cuando las reordené, fue cuando vi que, como ya le he dicho, me faltaba un revocador. Es un cuchillo de forma rara...

—¿Cómo este? —Fiuza le mostró el que habían encontrado clavado en el cuerpo de Juanita.

Bermejo se acercó y, frunciendo mucho los ojos, finalmente declaró que sí, que ese su revocador

—¿Por qué no denunció el robo?

—Tengo dos, cogí uno, me puse a trabajar y no se me ocurrió buscar el otro. Supuse que lo habría dejado en cualquier parte —hizo un gesto que abarcaba el taller.

—¿Conoce a Juanita?

—¿Se refiere a esa pobre mujer que anda rodeada de gatos?

—La misma.

—Hace mucho que no la veo —Bermejo, extrañado por tantas preguntas, hizo él una—. ¿Por qué lo dice?

—Porque la han matado con el revocador que robaron de su taller.

—¿Qué la han matado? —Bermejo se puso palidísimo y se medio mareó. Lo ayudaron a sentarse y Rogelio envió a Fiuza a por Don Ramón que estaba custodiando el cadáver. Dejaron al médico atendiendo a Bermejo y salieron a comentar lo que acababan de oír.

—¿Qué le parece mi sargento? Ahora tenemos que buscar dos asesinos.

—¿No encuentra parecido entre estas dos muertes?

—¿Se refiere a la de Juanita y a la de Lucía Cela? —Fiuza no parecía tenerlo tan claro como Rogelio. ¿Un mismo asesino con un lapso de nueve años entre las dos muertes?

—En ambos casos, quien las mató cogió una herramienta que tenía a mano.

Fiuza murmuró. —Una bujarda de cantero y el revocador de Bermejo. ¿Y eso qué significa, mi sargento?

—Que planeó las muertes, pero, al contrario de lo que cabría esperar, no llevó un arma que pudiera identificarlo. Por eso no le importó dejar el martillo cerca del cuerpo de Lucía o el cuchillo en el cuerpo de Juanita.

—¿No pudo ser un arrebato? Cogió lo primero que le vino a la mano y…

—Imposible. La bujarda estaba guardada con las demás herramientas en la sacristía de la ermita; el revocador en el taller de este hombre. Tuvo que abrir la puerta y buscar el objeto más adecuado para lo que quería hacer.

—Es verdad. Bermejo encontró todo fuera de sitio. Alguien anduvo revolviendo sus cosas.

—Por eso creo que no fueron armas de oportunidad. Y lo de dejarlas a la vista tampoco casa con lo que haría un asesino convencional. —El sargento estaba expresando en palabras ideas que hacía días que rondaban por su cabeza—. Deshacerse de ellas lo más lejos posible. Pero hizo justo lo contrario. Es como si intentara dejarnos pistas sobre quién las mató.

Fiuza se quedó pensativo. —Parece, señor, que en el caso de Horacio le salió bien. Los chicos habían discutido delante de toda la aldea y fue fácil que todos sospecháramos del muchacho y no buscáramos en otras direcciones, pero ahora…

—Siga —lo animó el sargento.

—¿Qué motivos podía tener Bermejo para matar a Juanita?

—Bermejo, ninguno. A Juanita la mataron porque habló conmigo.

En ese momento, Puente, uno de los guardias civiles, muy colorado y nervioso, interrumpió la conversación. —Perdón, mi sargento. Estábamos custodiando el cuerpo cuando sentimos un ruido. Como el que hace una botella al romperse. Y, de pronto, el pajar empezó a arder.

—Al cuartel, ¡rápido! Que vengan dos hombres más a ayudarnos. Y que el párroco toque las campanas. Necesitaremos la ayuda de los vecinos para que ese fuego no se extienda.

El fuego no se extendió porque Dios no lo quiso y la lluvia, que puso su granito de arena, también ayudó lo suyo. Pero el cuerpo de Juanita quedó calcinado y a Bermejo casi le da un infarto cuando el fuego se acercó a su taller. Todo la aldea se revolucionó antes de recuperar la normalidad. Con el susto todavía en el cuerpo y el olor a carne humana quemada impregnándolo todo, los aldeanos devolvieron a sus cuadras y cochiqueras a los animales que habían tenido que evacuar a toda prisa. De fondo el alboroto de las gallinas que aleteaban como locas para no entrar en los gallineros, los ladridos de los perros y el llanto de algún niño asustado ante tanta actividad inusual. Un verdadero pandemonio. El sargento hizo un aparte para hablar con sus hombres.

—¿Pudieron ver de dónde vino la botella que provocó todo esto?

—Del bosque, mi sargento. De aquella zona cerca del rio. Donde están las vacas.

—Hay que registrarla. Puede que el incendiario haya dejado atrás algo que nos permita identificarlo. Fiuza, regrese usted al cuartel y que Puente lo acompañe. Encárguese del primer atestado. Gamarra, Leal y yo nos encargaremos de buscar cualquier indicio. Y tengan cuidado. No podemos descartar la posibilidad de que quien hiciera esto intente algo contra ustedes.

—A sus órdenes. —Gamarra y Leal emprendieron el regreso. Fiuza miró al sargento—. Señor, cuídense ustedes también.

Rogelio sonrió. —Lo intentaremos. Gracias.

Las mujeres y los niños que se encontraron en el bosque, estaban buscando animales extraviados durante el incendio del pajar y, según ellos, no habían visto a nadie. Siguieron hasta llegar a un pequeño claro del que partían tres caminos. Un montículo de piedras coronado por una cruz bastante alta ocupaba el centro del claro.

Rogelio preguntó a sus hombres. —Esto es un monumento funerario, ¿no?

—Sí —afirmó Leal—. Hace ya mucho, mataron al hijo del dueño de la cantera para robarle. Era un crío de unos doce años y lo encontraron aquí. Con la cabeza destrozada. Está enterrado en el panteón familiar, pero su padre mandó levantar esta cruz en su memoria. Era su único hijo. Todo muy triste.

Rogelio estuvo de acuerdo. Después decidió dividir sus fuerzas. —Gamarra siga ese sendero. Regrese cuando llegue a la cantera. Leal, usted por el que baja hasta el río. Yo me acercaré hasta aquel otro claro. Nos reuniremos aquí.

Comenzó la subida, bastante empinada. Echó de menos a Blum. Si estuviera allí, tendría alguien con quien hablar y a quien contarle lo que había pasado. ¡Vaya mañanita! El sol hizo brillar algo clavado en un árbol. Rogelio hizo un gesto de extrañeza. ¿Qué era aquello? ¿Un espejo? Apresuró el paso hasta llegar al árbol. No era un espejo sino una lata. ¿Una lata clavada a un tronco? Se acercó más y comprobó que la lata estaba limpia y la corteza del árbol recién arrancada por los golpes de la piedra que habían empleado para clavar… El primer disparo le rozó un brazo. El segundo fue como un hierro al rojo penetrando en el costado. Rogelio se dejó caer al suelo y eso le salvó la vida porque la tercera bala iba dirigida al corazón. No tardó en oír voces que se acercaban y se quedó totalmente inmóvil. Si su atacante lo creía muerto, se acercaría a comprobarlo y podría cogerlo por sorpresa, intentar hacerse con su arma y defenderse. Al menos no se rendiría con facilidad.

—Mi sargento —exclamó la voz de Gamarra que era quien se acercaba alertado por los disparos, seguido de otros dos guardias—. ¿Está usted herido? Tú, Leal, ¡rápido!— ordenó a uno de los guardias en prácticas que, medio mareado, miraba la sangre que iba dejando una mancha oscura en el uniforme de Rogelio —ve al cuartel a pedir ayuda. Necesitamos trasladar al sargento al consultorio de don Ramón. ¡Venga, hombre, rápido!

La cura fue dolorosa, pero, afortunadamente, la segunda bala presentaba orificios de entrada y salida y no había afectado ningún órgano.

XII

—¿Ya trabajando? —se extrañó el médico que, cuatro días después, fue hasta el cuartel a ver cómo seguía su paciente y, en vez de indicarle que subiera hasta la habitación del herido, lo acompañaron hasta su despacho. El cabo Fiuza estaba allí también. —¡Dese un respiro, hombre de Dios! Esa herida sangró mucho y necesita descansar.

—Lo que necesito es que ambos me cuenten una historia. Don Ramón se rio. —¿Cómo a un niño pequeño? Rogelio lo miró, serio. —No. Como a un sargento de la Guardia Civil que necesita saber todo, —miró a don Ramón y a Fiuza y recalcó —todo lo que pasó aquí hace nueve años.

—Ya le conté lo que sabía —mintió el médico con muy poco entusiasmo. Era evidente que no se le daba bien mentir.

—Usted me contó una parte de lo que sabe, don Ramón, y se está guardando algo vital para conocer toda la verdad. Ignoro porqué lo hace, pero tengo que saber qué me están ocultando. No voy a parar hasta averiguarlo todo o hasta que me maten.

—No se ponga melodramático, hombre. —Don Ramón había alzado un poco la voz y Blum, que estaba echado al lado de amo, se incorporó y empezó a gruñir, bajito pero amenazador. En plan: "oye, cuidadito, que yo estoy aquí dispuesto a defenderlo"

Rogelio le acarició el pescuezo. —Tranquilo, muchacho. Siéntate, anda. Solo estamos hablando. Y, para ayudarlos, seré yo quien empiece la narración. Verán. Había una vez el informe de una autopsia que, un buen día desapareció de los archivos de este cuartel. ¿Qué contenía ese informe, don Ramón?

El médico dejó caer la cabeza sobre el pecho. —No le va a gustar lo que tengo que decirle —afirmó en voz baja.

—Ya cuento con eso.

—Ese informe desapareció porque era peligroso para alguien.

Rogelio se rebulló, impaciente. Estaba deseando poder retomar su vida normal, sus paseos con Blum, el cafecito con Celsa y Santos, dibujar las imágenes de las iglesias de la zona, salir a cazar con Santos y Fiuza y el trabajo del cuartel. Las pequeñas rutinas que ya se habían instalado en su vida y que le gustaban. La herida del costado lo obligaba, a regañadientes, a tomarse las cosas con algo de la calma que el médico tanto le recomendaba y eso lo impacientaba. —Eso ya lo sé. Lo que quiero saber es, si como sospecho, fue el sargento Blanco quien lo destruyó.

—Sí.

—¿Estaba a sueldo de Quinteiro?

—Más bien, lo que pretendía era que Quinteiro le diera un empleo en la mina de wolframio cuando se jubilara de la Guardia Civil. Algún puesto relacionado con la seguridad. Aun le quedaban años para jubilarse, pero no quería estar mano sobre mano, viviendo únicamente de la pensión.

—¿No aceptaba dinero de Quinteiro?

—No —exclamó don Ramón, categórico—. De eso estoy seguro. Éramos amigos y, créame, nunca cogió ni un duro. A pesar del error de destruir una prueba, hasta ese momento, había sido una persona decente. Y creo que fue ese único error lo que lo mató.

—Su muerte no fue natural, como usted hizo constar en el certificado de defunción, ¿verdad?

—¿Cómo lo sabe? —se sobresaltó el médico.

El sargento cambió de postura. "¡Silla más incómodo, caramba! "

—Porque acabo de sumar dos y dos. —Don Ramón y Fiuza pusieron cara de despiste—. Su viuda me comentó que ella le había aconsejado coger el toro por los cuernos y destapar lo que había tras la muerte de Lucía Cela, pero que él había dejado correr el tema. —Además de hacer desaparecer su informe, doctor, el sargento redactó uno de los atestados más incompletos que he leído en mi vida. —El cabo movió la cabeza afirmativamente—. Vago, lleno de "parece ser", "quizá", "tal vez", palabras que no aclaran los hechos. Más bien al contrario. Crean confusión, apartan al investigador de la verdad y, en este caso, condujeron a un chiquillo a la muerte. Puede que los remordimientos por la muerte de Horacio Cuervo —de la que debía sentirse culpable por su pasividad en la investigación —lo empujaron a tomar una decisión tan drástica como es el suicidio. ¿Me equivoco?

—Como ya le he dicho, solo pretendía que el tiempo pasara y poder jubilarse sin problemas.

—Tapando a un asesino —añadió Rogelio, tajante.

—Él nunca imaginó que ese chico estuviera tan desesperado que no viera otra salida más que la muerte.

—La falta de imaginación puede ser muy peligrosa, como en este caso —afirmó Rogelio muy serio—. Pero verá, es que, además de la destrucción de pruebas, ignoró el testimonio de esa mujer que podía…

—¿Cómo ha averiguado lo de la mujer que se acostó con Horacio esa noche? —Don Ramón estaba asombrado. ¡Pues sí que este muchacho era un buen investigador!

Rogelio se incorporó en la silla. El costado le dio una punzada más que fuerte, pero no le importó lo más mínimo. Ahora tenía otras cosas más importantes que esa herida.

—No he sabido nada hasta que usted me lo ha dicho.

—Perdón, mi sargento. De eso puedo informarlo yo cumplidamente —aseguró el cabo.

—Parece ser que el sargento Blanco ocultó bastantes cosas durante esos días. Bueno, en justa correspondencia, después yo les informaré de la otra mujer a la que el sargento ignoró en su momento. Y ya van dos. —Rogelio intentó encontrar postura. Tarea complicada con la herida del costado todavía dolía y mucho. Encendió un pitillo, a ver si el tabaco calmaba un poco el dolor—. En fin, adelante, cabo. ¿Qué sabe usted de esa mujer?

—Horacio tenía coartada, mi sargento.

Rogelio dio un respingo. —¿Y la ignoraron? Perdone, Fiuza. Siga, por favor.

—Después de discutir con Lucía, bebió un par de copas de aguardiente y se marchó a casa. Según nos contó, se cruzó con una mujer cerca de la iglesia parroquial. Ella se le acercó y le dijo que le parecía que alguien la seguía. Con esa disculpa, lo convenció para que la acompañara hasta su casa porque estaba muy asustada. En realidad, no era su casa, sino una caseta abandonada cerca del molino donde vivía Lucía. Allí lo invitó a otra copa en agradecimiento a su amabilidad, él le contó que se había peleado con su novia y... Bueno. Digamos que ella lo consoló.

—¿Quiere eso decir que tuvieron sexo? —se aseguró el sargento.

—Sí. Y después bebieron y se quedaron dormidos. Bueno —puntualizó el cabo —Él se quedó dormido hasta las tantas. No estaba acostumbrado a beber y bastante hizo con llegar hasta su casa de madrugada. Por eso, cuando llegamos allí, aún estaba durmiendo la mona. Tenía una resaca de caballo. Pero estaba solo.

—¿Les envió el sargento a corroborar esa coartada?

—No. Pero yo me acerqué hasta esa caseta.

—¿Por qué? —quiso saber Don Ramón.

—Porque no me pareció que Horacio estuviera mintiendo. Una acusación de asesinato es algo muy serio. Hay que investigar cualquier posibilidad, el sargento puede decírselo —Rogelio asintió—. Y el chico dio muchos detalles. Cuando llegamos, allí estaba la botella de aguardiente vacía como él había dicho; la hierba aplastada donde ellos habían dormido. Incluso había restos de semen. No nos había mentido.

—¿Informó al sargento de esos hallazgos? —quiso saber Rogelio.

—Sí, señor. Naturalmente. Y redacté un atestado.

—¿Y qué respondió el sargento?

—Que eso no probaba nada. Cualquier pareja podía haber estado allí.

—¿Qué más le dijo? —Rogelio sospechaba cuál iba a ser la respuesta, pero necesitaba asegurarse.

—Que lo que tenía que hacer era obedecer órdenes, no jugar a ser lo que no era, investigador. Y, si usted no ha encontrado mi atestado junto con los demás documentos del caso, es que el sargento lo destruyó junto con el informe del doctor. —Y añadió—. Nunca lo había visto así. Y, a partir de ese momento, no volvió a ser el mismo.

—¿Tanto cambió?

—Muchísimo. Irritable, malhumorado y al poco rato, pensativo, ausente. El día que murió estaba hundido. No parecía él, señor.

—Y no buscaron a la mujer que podría corroborar la declaración de Horacio, claro —supuso el sargento.

—No, señor. El sargento no nos lo ordenó y, al día siguiente, el chico apareció ahorcado.

—¿Pudo describirla?

—Baja, morena, delgada. Al principio estaba demasiado atontado y, después, lo único que pudo decirnos fue que no era de la aldea. Nunca la había visto.

—Un cebo para llevarlo a dónde querían que estuviesen las pruebas en su contra cuando la Guardia Civil lo buscase. Cerca del molino —afirmó Rogelio—. Como si hubiese seguido a Lucía hasta su casa para matarla.

El médico intervino. —Sargento, ¿quién es esa otra mujer a la que Blanco no hizo caso?

—Juanita. Ya la conocen. Alta, delgada.

—Es que la pobre no sabe lo que dice —ahí, el cabo estaba de acuerdo con la decisión del difunto sargento. Rogelio lo miró, con una expresión difícil de interpretar. ¿Qué sabía que los demás ignoraban? ¿Acaso también él estaba jugando al despiste? se preguntó el cabo. Aun tuvo que esperar para tener una respuesta.

—Ahora le toca a usted doctor. ¿Con qué se suicidó el sargento Blanco?

—Ingirió una gran dosis de linimento para caballos. —Los dos guardias civiles lo miraron con gesto de incredulidad—. Tenía una úlcera de estómago desde hacía años y murió casi inmediatamente —explicó don Ramón.

—¿Por qué falseó usted la causa de la muerte en el certificado de defunción?

—Porque, si vamos a ser sinceros, desde el punto de vista médico, la mentira no fue tan grande. No importa la enfermedad o el accidente; todos morimos cuando el corazón se nos para. Lo que pensé fue, ¿por qué manchar el nombre de un amigo? La úlcera cargó con las culpas y evitamos el escándalo.

—Ya —Rogelio se quedó pensativo, acariciando las orejas de Blum, el único que estaba tan a gusto en aquella reunión tan seria. —Y ahora pasemos al certificado de defunción que el sargento Blanco hizo desaparecer. ¿Qué decía? —El sargento se creyó en la obligación de advertir al médico que disfrazar la verdad iba a servir de muy poco—. La madre de Horacio ya me comentó que sabía que quien la había matado, también la había violado. ¿Es que había algo más en el certificado que nadie debía conocer?

El cabo Fiuza dio un respingo. —¿Violada? Pero, ¿qué clase de animal anda suelto por la aldea?

Rogelio suspiró, aliviado. La sorpresa del cabo era sincera. No había participado en la destrucción de un documento público ni sabía los entresijos del asesinato. ¡Menos mal! Con lo que Blanco había hecho, ya era más que suficiente. Miró al médico que movió la cabeza con gesto triste.

—Lucía Cela fue violada, es verdad, pero no con lo que un hombre emplea para forzar a una mujer. La violaron con el mango de la bujarda.

—¿Esa especie de martillo de cantero con el que la mataron?

—el cabo iba de sofocón en sofocón. Don Ramón asintió.

—¿Estaba todavía viva? —quiso saber el sargento, que temía la respuesta.

—No. A pesar de que la violación fue brutal, la agresión fue post mortem. Si estuviera viva, habría sangrado muchísimo. La zona genital de la mujer está muy irrigada y en esa parte del cuerpo apenas había sangre Y no como en la cabeza que si había sangrado abundantemente.

—Menos mal. Por lo menos le ahorró esa última humillación —murmuró Rogelio.

—Entonces —Fiuza intentó arrimar el hombro en la solución de aquel misterio —Quinteiro tiene que ser impotente, ¿no le parece, mi sargento? Si no puede hacerlo de forma normal, utiliza lo que tiene a mano. Es lo único que explicaría algo tan repugnante.

Rogelio asintió. —Es una posibilidad. Pero creo que todos en la aldea hemos estado mirando en la dirección equivocada.

—Las expresiones de don Ramón y Fiuza eran clarísimas. No lo seguían. ¿Dirección equivocada? ¿De qué hablaba el sargento?

—Ahora soy yo quien les va a contar una historia. La misma que no pude empezar porque, entonces, incendiaron el pajar de Bermejo. —El cabo asintió con la cabeza. Ya recordaba. —Hace nueve años, Juanita, esa pobre mujer que vagabundeaba por la zona, tenía la intención de pasar la noche al lado de la ermita del pazo. Estaban en obras y habían abierto una brecha en el muro por donde metían los materiales. Por eso, a Juanita le resultó muy sencillo entrar en la propiedad y acomodarse para pasar la noche. Estaba cerca de la ermita, cuando sintió un ruido. Era la puerta de la sacristía que se abría. En sus propias palabras, santa Comba en persona salió cubierta por una capa y llevando algo en la mano. No vio a

Juanita. Si la hubiera visto, a estas alturas, esa pobre mujer llevaría ya nueve años muerta.

Pocas veces un cuentacuentos tuvo una audiencia más entregada. Don Ramón y Fiuza escuchaban con la boca abierta. Rogelio continuó. —Esa aparición tuvo lugar la noche de la muerte de Lucía Cela. Más adelante, en la aldea, Juanita volvió a ver a santa Comba, le contó que ya sabía que era santa y cómo se había enterado. Desde ese momento, santa Comba le daba unas monedas para que mantuviera la boca cerrada o, en caso contrario, le explicó, vendrían los demonios y se la llevarían de cabeza al infierno.

—¿Juanita vio a Quinteiro esa noche? —Fiuza estaba pasmado.

—No. A Rosalía, su mujer. Es la dueña del pazo, por eso tenía las llaves de la ermita, según ella, llevaba una capa con adornos preciosos. ¿Quién tiene una prenda tan lujosa en la aldea?, y algo en la mano. Los canteros estaban haciendo trabajos en la propiedad y guardaban las herramientas en la sacristía ¿recuerdan?

—¿Lo que santa Comba llevaba en la mano, podría ser la bujarra con la que mató a Lucía? —preguntó Fiuza.

—Estoy más que seguro.

—¿Y por qué iba Rosalía a matar a esa chiquilla? —Don Ramón no compartía la seguridad de los guardias civiles.

—Todos sabemos que Quinteiro es un mujeriego —Fiuza empezaba a atisbar la verdad en todo aquel enredo. —Tal vez tuviera relaciones con Lucía y su mujer se vengó de ella.

Don Ramón no estuvo de acuerdo—. Esa no puede ser la razón. Por esa regla de tres, Rosalía debería haber empezado por las que tienen hijos de Quinteiro. Y vaya trabajera que tendría. Conociendo a su marido, para cuando Lucía murió, ella ya se habría cargado a unas cuantas. ¿Por qué a esta sí la mató?

—¿Qué opina, mi sargento?

—Que la mató porque Quinteiro se había enamorado de ella. —El sargento pasó a contarles la conversación que había sostenido con Alfredo, la cara de sorpresa cuando se enteró de que, aparte de las heridas mortales en la cabeza, había sido violada. Sin olvidar el detalle del anillo en forma de cuerda con un nudo, que Quinteiro llevaba colgado de la cadena del reloj. Tampoco olvidó comentarles cómo lo acariciaba mientras se enteraba de lo que Lucía había sufrido antes de morir. Y no se olvidó de la coartada que le había dado.

—A mayores, acabo de recibir este telegrama de la Comandancia de Coruña— lo mostró a Fiuza y a don Ramón antes de informarles del contenido. —Allí, Quinteiro compró un anillo como el que yo vi aquella mañana. No pudo dárselo porque, cuando él regresó de su viaje, Lucía ya estaba muerta. Pero lo lleva encima y ¡si vieran su cara mientras lo acariciaba! Y no es esto lo único que descarta al marido. La coartada de Quinteiro es auténtica. Efectivamente, estaba en Coruña. Cuando conocí a su mujer, esta me dijo que ambos habían pasado esa noche juntos en el pazo. Ese fue su segundo error.

—¿Cuál fue el primero?

—Intentar seducirme —Rogelio se rio abiertamente ante la cara de pasmo de los dos hombres que lo miraban asombrados—. No les parezco capaz de despertar pasiones en una mujer, ya veo. Lo más sospechoso no fue que me hiciera proposiciones muy tentadoras a los cinco minutos escasos de habernos conocido. Es que mintió cuando dijo que, esa mañana, no podría hablar con Quinteiro porque, estaba en Santiago por negocios. Cuando salía del pazo, lo sorprendí mirando por una de las ventanas del piso superior

—¿Había estado oyendo cómo su mujer…? —Fiuza no necesitó terminar la frase.

—Sí. Pero, conociendo a esa pareja, tal vez fuera él quien le sugiriera que intentara enterarse de cuánto sabía sobre la muerte de Lucía y si pensaba seguir hurgando en el caso.

—Hay una cosa que no entiendo —reconoció el doctor—. Si oyó la coartada que Rosalía se inventó para protegerse los dos, ¿por qué en su despacho él dijo la verdad? Que estaba muy lejos de la aldea. Que era totalmente imposible que la hubiera matado. Era dejarla a ella al descubierto.

El sargento le dio la razón. —La visita de Quinteiro fue muy útil. Primero, cuando le recordé que, además de las heridas que presentaba en la cabeza, Lucía había sido violada. Hasta aquel momento, francamente, yo creía que él era el asesino. Por eso me sorprendió ver que se quedó pálido como un muerto y no lo pudo disimular. Su reacción fue coger el anillo y acariciarlo. Cuando volvió a hablar, no parecía el mismo hombre, altivo y antipático de siempre. Acababa de llevar un mazazo y se le notaba. Fue entonces cuando le pregunté dónde estaba la noche del asesinato. —Rogelio encendió un nuevo pitillo—. Se lo pensó unos instantes. Creo que intuyó qué había pasado realmente y quién era el autor de esa muerte y, por eso, respondió la verdad. Para dejar a su mujer, la verdadera asesina, sin coartada.

Fiuza tenía el día espabilado e hizo un resumen muy atinado. —Entonces, la destrucción de pruebas, el negarse a investigar la coartada de Horacio, todo lo que creímos que el difunto sargento hizo para que la verdad no saliera a la luz y perjudicara a Quinteiro...

El sargento remató la frase. —Lo hizo para proteger a Rosalía Briones, no a su marido. El sargento Blanco supo enseguida quién era la responsable de la muerte de Lucía. Fue por ella por lo que cometió un delito que desembocó en el suicidio de Horacio Cuervo. Era a ella a quien intentaba salvar de la cárcel. ¿Quién iba a decirnos que el amor podía provocar tanto dolor a tantas personas?

Los tres hombres se miraron en silencio.

* * *

El cabo Fiuza saludó antes de informar a su jefe. —MI sargento. Venancio Landín ya está en los calabozos. ¿Procedemos a ficharle por intento de asesinato, agresión y obstrucción a la Justicia? Rogelio le alargó las órdenes judiciales debidamente firmadas. —Antes tiene que acercarse a la Casa Grande y detener a sus propietarios. Han hecho una confesión completa. Ya conoce los cargos de los que se les acusa.

El cabo no salía de su asombro. —Esa detención debe hacerla usted, señor

—No. Detener a esta asesina y a Quinteiro por complicidad, etcétera, es algo que debe hacer usted. —El cabo intentó protestar, pero Rogelio le dio una buena razón—. Detener a un asesino es siempre una satisfacción. Significa que hay un peligro menos en la calle. Y esa satisfacción le corresponde a usted. Sin su investigación preliminar y su empeño en descubrir la verdad, a pesar de la oposición del sargento Blanco, Horacio Cuervo nunca sería rehabilitado y Rosalía Briones jamás pagaría por haber destrozado a dos familias. —Rogelio le puso la mano en el hombro a Fiuza. —Vaya usted, cabo. Gamarra y Puente están vigilando la casa para evitar cualquier intento de fuga.

El cabo se cuadró, saludó y salió seguido por tres compañeros que se dirigieron a la Casa Grande con paso marcial.

Don Ramón lo estaba esperando en su despacho. —Fiuza es un buen hombre. Ha sido usted muy generoso cediéndole el protagonismo, sargento.

—No es generosidad —explicó Rogelio—. Es justicia. Y, además, debe acostumbrarse. En mi informe final, recomiendo que sea él quien se haga cargo del cuartel.

—¿Entonces regresa usted a Santiago?

—Sí. Al menos durante una temporada. Después, pediré el traslado a un pueblo pequeño. Ya he pasado bastante tiempo entre declaraciones, órdenes de detención, atestados y más documentos. Ahora, prefiero estar entre la gente, ver la vida más de cerca. Creo que puedo ser más útil en un cuartel. Al fin y al cabo, por eso ingresé en la Guardia Civil. Como dice nuestro lema, para proteger y servir a la gente.

—¿No le da miedo encontrarse con individuos como Rosalía o Quinteiro?

Rogelio sonrió. —Espero tener a mi lado a un cabo como Fiuza y a un médico como usted.

Don Ramón lo miró, extrañado. —¿Yo? —Rogelio asintió—. No puede decirse que lo haya ayudado mucho. —El médico se decidió a preguntar lo que llevaba dándole vueltas en la cabeza desde hacía días. —Sargento, ¿puedo preguntarle si en su informe…?

—No puedo falsear los hechos, como usted ya lo sabe —don Ramón asintió—. De todas formas, el primer informe, el que redactó cuando Lucía fue asesinada no ocultaba ninguna de esas pruebas que Blanco se empeñó en destruir. Esa desaparición no es su responsabilidad. En cuanto al segundo… —Rogelio dio una calada al pitillo —Digamos que edulcoró un poco las cosas como un favor a la viuda. Y yo así lo hice constar. Fue usted quien dijo que todos acabamos muriendo de un fallo cardíaco, ¿no?

—Me imagino que mi buena voluntad tendrá consecuencias. La buena voluntad no siempre sale bien parada.

—Espero que se equivoque y el Colegio Médico no tome medidas contra usted. La buena voluntad no abunda. Deberíamos apreciarla más.

—¿Y el sargento Blanco?

Rogelio mostró las palmas de las manos y se encogió de hombros.

—¿Sabe lo mejor de no ser un jefe, de los de muy arriba? No tener que tomar ciertas decisiones. Lo que hizo el sargento fue muy serio y tuvo consecuencias irreversibles para mucha gente. Pero, está muerto y… Creo que el hecho de suicidarse es buena prueba de que, durante años vivió amargado hasta que no pudo soportar los remordimientos.

—¿Cree que eso será suficiente?

—A mí me bastaría, pero, como ya le he dicho, yo no soy quien tiene que decidir si aplicar o no ciertas sanciones a título póstumo. Lo siento por su viuda. Ahora ya sabe por qué su marido, a pesar de su insistencia y buenos consejos, no levantaba la alfombra en este caso. Ella creía que su marido esperaba de Quinteiro un trabajo tras su jubilación. Lo que no se esperaba, es que él se hubiera enamorado de Rosalía. Eso fue lo más duro de explicar. Y, me imagino que de perdonar.

—Qué curiosos somos los humanos, ¿verdad? —terció don Ramón—. Aceptamos cierto grado de corrupción, —dinero, un cargo, un empleo por humilde que sea —la justificamos e, incluso, llegamos a perdonarla. Pero cuando, como en el caso de Rosalía, comprendemos que nos han robado lo que creíamos exclusivamente nuestro…

—La cosa se complica. Y mucho. Lo peor del caso es que Lucía no le había robado el marido a Rosalía. Esta la mató porque vio en ella un peligro para su matrimonio. No porque existiera una relación física entre ambos.

Don Ramón, lo interrumpió. —¿Pero no hubo algo entre esa chica y Quinteiro?

—No. Nada. Lucía y Horacio planeaban casarse y ella no tenía ojos más que para él. Fue Rosalía la que se dio cuenta de que su marido se estaba enamorando de la chica. Pequeños detalles en los que nadie, ni tan siquiera Lucía, se había fijado, pero que no pasaron inadvertidos a su esposa: el tono amable con el que le hablaba en vez de ladrarle como al resto del servicio, el ordenarle trabajos más llevaderos, cómo la seguía embobado con la mirada cuando Lucía entraba o salía de una habitación. Algo impensable en Quinteiro, que veía en las mujeres una forma de pasar un buen rato o, en el caso de Rosalía, disfrutar de una fortuna que le permitía vivir a lo grande. A Lucía quería enamorarla, no utilizarla, como a las demás. Él estaba dispuesto a dejar a su mujer, a hacer lo que ella calificó de "locura". Y ante la posibilidad de perder su posición social, decidió quitar de en medio ese peligro.

—Y Blanco se jugó su integridad por otra mujer.

—Y dejó a la suya desolada.

Don Ramón se levantó. —Y, ahora, sargento, lo dejo para que, aunque sé que no va a hacerme el más mínimo caso, descanse un poco. ¿Cuándo vuelve usted a Santiago?

—Mañana, a primera hora.

Los hombres se estrecharon las manos. —Entonces, hasta siempre, sargento. Y buena suerte.

—Lo mismo digo, doctor.

* * *

Ferradás despidió al sargento con un sol entre nubes que presagiaba chaparrones intermitentes y momentos despejados. La dotación del cuartel estaba formada para despedirlo. Los caballos esperaban soltando algún relincho que otro y, en esa mañana fría, también nubecitas de vapor por los ollares. Blum estaba impaciente por partir y miraba a Rogelio. Después de unos minutos, el cabo y el sargento montaron sus caballos y salieron del pueblo lentamente. Iban en silencio. Habían llegado a conocerse bien y las palabras no eran imprescindibles. Cuando llegaron a las ruinas de la iglesia, el cabo se llevó la mano al tricornio.

—Señor, siempre a sus órdenes y que tengan un buen viaje.

Rogelio devolvió el saludo. Después le tendió la mano. Los dos se la estrecharon con fuerza, brevemente. Pero ese apretón dijo más que muchas palabras huecas, vacías o carentes de sinceridad.

—Gracias, Fiuza. Y gracias.

Los dos hombres sonrieron. El cabo los vio partir, Blum correteando, el caballo a su paso, las riendas flojas, sin apresuramientos. Al pasar por los cementerios, el sargento Soto se quitó el tricornio y se persignó, como su abuela lo había enseñado cuando era un niño. Después comenzó a liar un pitillo.

Fiuza esperó hasta que los tres tomaron una curva de aquel camino estrecho y serpenteante. Cuando dejó de verlos, también él, lentamente, regresó al pueblo.

Este libro se publicó
en el mes de febrero
del año 2024